I0613847

LES ÉTAPES

D'UNE

CONVERSION

ŒUVRES DE PAUL FÉVAL

SOIGNEUSEMENT REVUES ET CORRIGÉES

PAUL FÉVAL

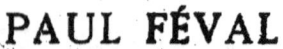

LES ÉTAPES

D'UNE

CONVERSION

LA MORT D'UN PÈRE

SEULE ÉDITION REVUE ET CORRIGÉE

— ALBIN MICHEL, ÉDITEUR —

PARIS — 22, rue Huyghens, 22 — PARIS

LES ÉTAPES D'UNE CONVERSION

A MON LECTEUR

Je vais vous raconter l'histoire d'une intelligence et d'un cœur. Mon ami s'appelait Jean; son nom de famille importe peu. Avant de tourner ses yeux vers Dieu, il avait dépensé une longue vie à regarder les hommes pour faire fortune et gagner de la renommée. L'écrivain est un espion involontaire qui viole incessamment autour de lui le secret des consciences.

Je parle, bien entendu, ici des écrivains qui ont la passion et le respect de leur art, et non pas de ces écorcheurs de papier, noircissant des pages à la sueur du poignet, ne voyant rien par eux-mêmes, volant, copiant, plagiant, déshonorant la pensée des maîtres pour la resservir démarquée et malpropre à l'innombrable cohue des lecteurs qui ne savent pas lire. Je parle des forts et des dignes, de ceux qu'on ne pourra pas remplacer l'année prochaine en perfectionnant la machine à coudre jusqu'à lui faire piquer du dialogue imbécile et des alinéas idiots.

Jean était un de ces esprits de plus en plus rares de nos jours qui pensent encore leur propre pensée au lieu de ravager celle d'autrui. Ce livre lui appartient et fut écrit presque sous sa dictée.

Il m'arriva une fois de lui dire, à propos du titre de ce livre : « Pour parler français, je crois qu'il faudrait mettre : les *Étapes d'un converti.* »

Mais Jean me répondit : « A notre insu, nos joies et nos douleurs, nos triomphes et nos défaites nous rapprochent de Dieu. Ce n'est pas nous qui marchons vers la Conversion, c'est la Conversion qui vient à nous. J'ai voulu marquer les diverses stations de la mienne et raconter, étape par étape, ce mystérieux voyage de la Grâce divine à la rencontre d'une pauvre âme. Tel doit être ce livre, et le titre en est bon. »

I

PORTRAIT DE JEAN, SA TANIÈRE ET MADELEINE. MARIE

Jean avait eu un salon autrefois, de beaux meubles, des tableaux, des flatteurs, des domestiques et même des amis : ceux de Job; il avait eu de l'argent, beaucoup, et jusqu'à un peu de gloire. A l'époque où je l'allais voir deux fois par semaine dans la mansarde qu'il appelait sa « tanière », rien de tout cela ne lui restait. Il n'avait plus que sa vieille femme Madeleine, qui le rajeunissait en proclamant à la journée qu'elle avait six mois de plus que lui. Elle l'écoutait religieusement quand ils étaient seuls, mais, aussitôt que j'arrivais elle se sauvait en vacances. Certains héroïsmes ne sont pas diminués du tout par leur côté comique. Je découvris une fois que Madeleine était sourde comme un canon.

Depuis des années et des années, elle faisait semblant d'entendre, pour que Jean eût au moins un auditoire à la maison, car il avait besoin, absolument, de raconter, et ce besoin augmenta quand il cessa de publier des livres. Madeleine était devenue fort habile à jouer la comédie de son humble dévouement. Elle souriait aux endroits gais, elle s'attendrissait aux passages touchants, sans jamais se tromper, et Jean lui trouvait un goût très fin.

— Ça m'intéresse à tâtons, me disait-elle, et il aurait tant de chagrin, s'il découvrait qu'il parle tout seul !

Jean était une intelligence capricieuse à l'excès, inégale, ayant des lacunes au beau milieu de trop de richesses, et des paresses dans l'élan même de ses témérités; la mesure lui manquait; mais en toute ma vie il ne m'a jamais été donné de feuilleter une imagination comparable à la sienne pour l'éclat, l'étendue et la fécondité. Sa faculté d'inventer semblait inépuisable. Je sortais rarement de chez lui sans emporter, malgré moi, dans mon souvenir quelque motif de drame, comme on achète souvent un objet dont on n'a pas besoin aux étalages des bazars, assortis de mille tentations, dont l'une vous a surpris au collet.

Il parlait merveilleusement bien; ce qu'il disait entraînait et charmait pendant qu'il le disait. Dès qu'on était dehors, il y avait du déchet, c'est vrai, mais quelque chose restait à côté de ce qu'il avait dit au-dessus, au-dessous, je ne sais où, et l'on voyait devant soi des horizons ouverts.

L'écho de sa pensée créait une mémoire d'espèce très particulière; on gardait en le quittant le ressouvenir de sensations qui n'avaient été aperçues qu'à travers lui, mais qui persistaient comme réelles; il éclairait des pays inconnus qu'on croyait reconnaître pour y avoir autrefois voyagé dans les ténèbres. Et, à vieillir, ces lueurs, qui étaient nées fantaisies, s'affirmaient et se vérifiaient; elles gagnaient en intensité au lieu de se voiler.

Notez que ceci est tout bonnement le propre du génie. Peut-être Jean avait-il, çà et là, quelques paillettes de génie dans l'énorme mine de son cerveau.

Telle physionomie que je vis jadis par ses yeux, tel paysage qu'il me décrivit largement, tel caractère qu'il m'analysa restent encore en moi à l'heure, où je parle, doués de vie comme ces toiles enchantées des peintres florentins, où chaque jour qui passe épanouit une beauté nouvelle, comme aussi ces pages mystérieuses des grands maîtres de l'harmonie qui dérobent leur parfum le plus pur à la gourmandise du premier enthousiasme, et qu'il faut savourer selon l'art des patientes admirations pour en dégager peu à peu la vraie fleur.

Mais c'est lui surtout, créature brillante et incomplète, poème où il manque des feuillets, c'est Jean lui-même qui vit en moi avec tout ce que Dieu lui avait donné, défaillances et vigueurs, lumières et ombres. Quand je détourne mes regards du présent pour les reporter en arrière, je vois, comme si elle était là devant moi, cette tête tourmentée (mais si calme !) de l'esclave de la foi qui s'émerveillait d'avoir douté, cette figure du libre penseur prisonnier de Dieu, ce masque imprévu, absolument divers, frivole et profond, travaillé par la fièvre du savoir, mais tout pénétré de naïves sérénités, qui m'a fait rire si souvent, si souvent penser et pleurer.

Il est là, le vieil homme que j'aimais véritablement homme, pétri d'humilité et de dédains, de pardon et de rancune, de charité et de cruautés: amalgame de douceur, d'amertume, d'obéissance, de murmures, d'imprudence et de sagesse ! et bon, et loyal, et généreux ! Le voilà avec ses traits hardis, bizarrement fouillés, sa joue longue, creuse et blême, hachée de rides dont chacune trahit un sarcasme guéri, une colère apaisée, une plainte réduite au silence. Va-t-il parler, lui qui était

l'éloquence même? sa bouche s'ouvre dans le sourire de
ceux qui ont béni la douleur ardemment; son grand
front pense et prie, son regard qui semble éteint couve
sa puissance, — comme un foyer, endormi sous la
cendre, disperse en gerbes, dès qu'on le remue, le
soudain réveil de ses éclairs...

Il avait été très beau, Madeleine disait cela; moi, je
ne le connus que longtemps après sa jeunesse passée.
Parfois sa haute taille abandonnée se redressait tout
d'un coup comme celle d'un soldat qui oublie sa blessure, et parfois aussi, du fond de lui, une corrosive
odeur d'orgueil s'exhalait, malgré l'humiliation volon-
taire et sévère de sa vie. Rien ne restait de la fortune si
cavalièrement conquise à la pointe de sa plume, et sa
plume, qui avait été d'or, ne valait pas même à présent
l'outil du plus vulgaire ouvrier, puisqu'il avait peur
d'elle au point de la condamner à l'immobilité. De
quoi vivait-il?

Pauvre vieille Madeleine ! Il n'y avait pas chez elle
comme chez Jean le reste d'un immense amour-propre;
mais le petit caillou de la vanité bourgeoise est peut-
être plus difficile à broyer que le rocher du grand orgueil. Elle voulait bien jeûner, Madeleine, mais elle
avait horreur de rougir.

Jean, au contraire, *voulait rougir.*

Il apportait dans l'expiation la fougue et la force de
sa nature. Comme il avait vécu d'orgueil, il était avide
de rabaissement et ambitieux de décadence. Pour lui,
en fait de chute, rien n'était assez profond. Comment
dire? L'orgueil se glisse partout, jusque dans la sainte
passion d'expier l'orgueil ! Jean éprouvait un plaisir
douloureux à laisser croire, à dire même quelque-

fois qu'il *vivait d'aumônes*, et il fallait voir, alors, les révoltes de Madeleine !

C'était maintenant une grosse bonne femme, dure d'aspect, comme presque toutes celles du Midi qui prennent de l'âge. Il y a dans un livre de Jean une miniature exquise : la petite savoyarde qui « se démêle » à la porte de la cabane, et dont le regard bleu luit comme une paire de saphirs à travers la soyeuse broussaille de ses cheveux noirs. Madeleine disait volontiers :

— C'est mon portrait *de quand* j'avais seize ans, hé, monsieur ?

Et Jean, ainsi pris à témoin, ne répondait ni oui ni non.

Au temps des prospérités de Jean, il est sûr que Madeleine, qui était l'honneur même, mais un peu tapageuse de toilette, avait eu un certain succès dans un certain monde, précisément à cause de son drôle d'accent et de son langage exempt de toute recherche académique.

Pauvre vieille Madeleine ! quand son mari disait : « Je vis d'aumônes, » elle s'écriait :

— Monsieur, tu sais, tu mens !

Et elle s'élançait dehors en pleurant « pour ne battre personne, » comme elle l'avouait quand elle rentrait.

Le fait est que Jean allait trop loin en parlant d'aumône. Il se vantait. Je connais plus d'un chien favori de quelque dame au cœur sensible pour les chiens, qui mange (le chien) à un seul de ses repas le prix des deux repas quotidiens de Jean et de Madeleine. Jean avait de quoi payer ce maigre ordinaire, car il recevait une petite somme chaque fois qu'il prêchait aux enfants et aux ouvriers des patronages ses sermons familiers qui

sont restés célèbres. S'il y avait aumône ici, c'était lui
qui la faisait.

Il en était de même avec ses amis qui jamais n'auraient pu rétribuer selon sa vraie valeur la part de col-
laboration que sa parole apportait à leur plume. Je
n'ai point à confesser les autres amis de Jean, mais je
déclare que, pour moi, je n'ai jamais fait l'aumône à
Jean, et que Jean m'a constamment fait l'aumône.

Madeleine et lui habitaient au cinquième étage, dans
une de ces larges avenues si tristes, qui rayonnent autour du rond-point des Invalides; leur logement se
composait de deux pièces : un étroit réduit où couchaient Madeleine et Bonif, et la tanière, proprement
dite. Il sera parlé de ce Bonif.

En principe, la tanière était expressément réservée
à Jean tout seul, mais dans la pratique Bonif y avait
ses toupies et Madeleine son fourneau, parce que l'autre
pièce était noire.

En principe aussi, Jean était très fier de la solitude
absolue à laquelle il avait droit. « Je suis chez moi »,
disait-il avec l'emphase tremblante d'un gouvernement
parlementaire qui chante : « Je suis l'autorité »; mais
dans la pratique encore il se plaignait de la continuelle
invasion des barbares : Bonif et Madeleine. Il allait parfois jusqu'à menacer d'émigrer dans la pièce noire en
abandonnant la tanière aux envahisseurs.

La tanière était une chambre de mauvaise mine,
assez grande, mansardée, basse d'étage et éclairée par
une lucarne, aux murailles tapissées d'un vieux papier,
collé sur châssis et qui battait comme l'âme d'un souf-
flet quand on ouvrait la porte; on avait attaché sur
cette tenture des dessins mal tendus, qui devaient da-

ter de loin, trahissant les premières études d'un enfant ou de plusieurs, des pages d'écriture fleuronnées, dont une portait le nom de Marie avec mention signée, témoignant que la page avait mérité le second prix à l'école, et quatre images de première communion dont une seule était encadrée : celle-là avait aussi le nom de Marie.

Au-dessous pendait un collier de graines de houx qui devait avoir bien de l'âge, car les grains en étaient crevassés et racornis; au-dessous encore, piquée avec quatre épingles et lamentablement détériorée, était une magnifique esquisse aux deux crayons, jetée d'après le *Tintoret peignant le portrait de sa fille morte*.

Je dois dire à ce propos que Jean avait été marié deux fois. Madeleine et lui avaient eu de nombreux enfants dont les uns étaient établis au loin : on parlait d'eux souvent et avec tendresse; les autres étaient morts, laissant de profonds souvenirs après eux. On ne voyait dans la maison, outre Bonif, et seulement aux jours de vacances, qu'une petite fille dont la mère, vivante ou décédée, ne paraissait point.

Jean aimait cette enfant avec une tendresse d'aïeul, mais pendant bien longtemps je ne l'entendis jamais prononcer le nom de la mère. Était-ce Marie? L'enfant s'appelait Berthe; Bonif et elle se battaient aussi naturellement que l'aimant attire le fer.

Souvenez-vous que je ne vous raconte pas ici la vie d'un homme, mais sa conversion, ou plutôt ce que lui-même m'a montré de sa vie à propos de sa conversion. Ce qu'il ne me disait pas, je l'ignorais. Je n'ai jamais rien su de lui que par lui.

Souvenez-vous aussi qu'on peut aller à Dieu tout

droit, c'est certain, en suivant paisiblement la grande
route, mais qu'on ne REVIENT à Dieu que par les sentiers
du malheur. Toute conversion implique à la fois à l'erreur criminelle et son miséricordieux châtiment. Heureux les cœurs blessés ! Heureuse la souffrance qui
avertit et convertit ! Heureux les captifs enchaînés
par la bénédiction de la douleur ! Je crois, sans pouvoir
l'affirmer, que, parmi les douleurs de Jean, la plus
amère avait eu nom Marie.

Ce qui frappait quand on entrait dans la tanière,
c'était un vent d'insouciance et même d'incurie.

La faute n'en était pas à Madeleine, qui recevait
chaque matin commandement exprès de ne rien ranger.
Par bonheur, le désordre n'avait pas beaucoup d'objets à brouiller ; l'abondance de biens ici ne nuisait pas.
Le mobilier consistait en une table de sapin blanc sup-
portant des in-folio et un crucifix à main de grand modèle, trois chaises de paille, un vieux fauteuil dont
on apercevait les entrailles à travers sa housse éventrée,
un lit de fer sans rideaux, au fond duquel était un bé-
nitier en coquillages avec la branche de buis, et, derrière
le lit, un tout petit poêle en fonte, muni d'un fourneau
sur lequel Madeleine faisait la soupe.

Avec si peu Jean trouvait moyen de s'encombrer,
et quand on entrait il fallait toujours un long et sérieux travail pour débarrasser une place où s'asseoir.
Madeleine ne se plaignait pas, mais elle disait avec le
drôle d'accent qu'elle avait :

— Monsieur, si tu voulais me laisser ranger
seulement une chaise d'avance pour le monde s'asseoir !

Elle était de quelque part, là-bas du côté du mont
Blanc. Jean lui coupait impitoyablement la parole

par un refus, et les jours où elle époussetait en cachette, il la menaçait de se retirer à la Trappe.

La lucarne donnait un bon jour et de très bon air. Quand on s'accoudait sur le zinc boursouflé de son appui pour muser au dehors, on voyait, à droite, le dôme des Invalides, à gauche, le puits de Grenelle, et en face, par-dessus les maisons, le clocher de Saint-Pierre de Montrouge. En bas, c'étaient les beaux arbres du jardin d'un couvent dont l'horloge servait de pendule à Jean. Le vieux fauteuil, malgré sa triste apparence, asseyait bien son homme; la table était commode. Tard et matin, Jean causait avec ses in-folio où il glissait, de page en page, des petits papiers couverts d'écriture fine et serrée.

Madeleine disait : « Se donner tant de mal et ne pas travailler! » Car la bonne Madeleine ne croyait qu'au travail qui rapporte, et le mal que Jean se donnait ne rapportait rien.

Ces petits papiers que Jean collectionnait s'accumulaient peu à peu de manière à former des volumes,— de gros volumes, — plus de vingt gros volumes. Ce n'était cependant qu'une préface : la préface du plus mince, il est vrai, mais du plus grand de tous les livres après celui qui fut dicté par Jésus-Christ.

Cela s'intitulait : *Introduction au catéchisme.* Il y avait des parties splendides, mais entre ces pierres d'un monument colossal le ciment faisait défaut. Jean le savait bien et promettait de l'y mettre... Or voilà qu'un beau jour, Madeleine fut la femme la plus heureuse de la terre. « Nous n'avons plus besoin de personne, me dit-elle, il va enfin travailler! »

Un des amis de Jean, homme excellent, avait été

2

fait ministre de l'intérieur par le hasard des virements politiques. Ce fut pour quelques semaines seulement, mais il eut le temps de procurer à Jean, qu'il considérait à bon droit comme un esprit de premier ordre, un emploi de cent francs par mois. Et Jean, l'orgueilleux fanatique d'humilité, accepta. Et son grand livre est resté un amas de pierres sèches.

Faut-il, cependant, garder rancune à M. le ministre? Assurément non. L'esprit de Jean était tout plein de matériaux superbes, mais de ciment, point de traces en lui. Il aurait ajouté des blocs de granit à des blocs de granit, de quoi bâtir dix cathédrales, et n'en eût pas tiré même une chapelle. Dieu mesure la tâche à chacun de ses ouvriers. Il ne se peut pas que tout le monde soit architecte.

II

LE CERCLE D'OUVRIERS. — JEAN ME PARLE DE TARTUFE-TRIBUN ET D'UN LIVRE A FAIRE

Jean et moi, nous n'étions pas de vieux amis. J'avais entendu parler de lui comme d'un drôle de corps très éloquent, et je le connaissais surtout pour le sans-façon avec lequel il avait jeté à l'eau sa haute position dans le monde des lettres. Ceci était déjà un fait accompli lors de mon entrée dans la carrière, et le hasard ne nous avait jamais mis en face l'un de l'autre.

Une fois quelqu'un m'entraîna dans un cercle catholique d'ouvriers, tout exprès pour entendre Jean prêcher.

— Vous verrez, me dit ce quelqu'un : il est étonnant !

C'était dans la crypte de Saint-Sulpice; je m'en souviens comme s'il s'agissait d'hier. Jean parla longtemps; je fus frappé très vivement, et ce n'est pas assez dire : à deux ou trois reprises son improvisation errante qui semblait battre les buissons autour d'un admirable sujet : l'eau et le sang du Saint Sacrifice, éveilla en moi une violente émotion. Il avait trouvé moyen de placer là-dedans la question sociale. Ses braves ouvriers l'écoutaient avec un enthousiasme mêlé d'inquiétude et comme on regarde ces tours de force, où le gymnaste court risque de se casser le cou.

Non seulement Jean n'était pas « préparé, » mais il se lançait à plaisir dans une véritable forêt de parenthèses, de notes, d'incidences, de pièces justificatives même, où son texte principal menaçait à chaque instant de s'égarer. Joignez à cela une familiarité de style souvent exorbitante et une redoutable hardiesse d'images, vous comprendrez le mot inquiétude dont je me suis servi.

Pour ce qui me regarde, il y eut des instants où cette sensation de crainte arriva jusqu'au malaise.

J'étais, en ce temps-là, catholique par sentiment, par souvenirs, par relations de famille et d'amitiés, enfin de toutes les manières, excepté la bonne, car je ne pratiquais pas, et rien n'est facile à scandaliser comme les catholiques de cette sorte.

Mais au moment même où mon puritanisme blessé allait crier gare, Jean, ce virtuose de la fervente bonhomie, ce vivant prestige de la parole pénétrée qui joue avec les âmes et les tourne et les retourne dans le bain de vérité, Jean arrivait à la parade avec quelque démonstration foudroyante, un jet de lumière, un éblouissement du cœur, une passionnée prière, un admirable cantique, et tous ceux qui étaient là, les ignorants comme les lettrés, s'aplatissaient, frémissants, sous le niveau de Dieu.

Il parlait derrière une petite table élevée d'un demi-mètre au-dessus du sol, et jamais je n'ai vu de chaire si haute. Avez-vous remarqué combien souvent l'homme qui prêche la parole du Christ devient le Christ lui-même et de quelles auréoles se couronne le front de l'apôtre transfiguré?

Quand il se tut, le sang et l'eau (Seigneur Jésus, ai-je le droit de toucher à l'ineffable amour de votre Mystère !), le sang et l'eau, dis-je, témoignages de la souffrance impossible et certaine de Dieu, reliques de son martyre et gages de notre éternelle rédemption, baignaient tous les cœurs. En sortant, un jeune prêtre, qui est maintenant un évêque illustre, embrassa Jean les larmes aux yeux.

Je me demandais comment Paris, gourmand de toutes émotions, encenseur de toutes forces, ignorait une pareille force et se tenait à l'écart de semblables émotions.

— Voilà, disais-je au membre éminent du cercle catholique qui m'avait amené, voilà un homme qui était célèbre hier dans Paris et dans le monde entier parce qu'il écrivait avec talent des livres frivoles, déplorablement inférieurs à lui-même, quoique supérieurs peut-être au commun des productions analogues. Cet homme a grandi tout à coup et s'est élevé en lumière jusqu'à devenir un flambeau, et parce qu'il est grand, et parce qu'il éclaire, Paris et le monde ont subitement cessé de le connaître. Moi, qui suis ce qu'il était, un romancier, moi qui vis si près du pays catholique, c'est à peine si j'avais entendu parler de cet homme avant aujourd'hui. Son ancienne patrie littéraire l'a oublié déjà profondément, et je conçois cela; il n'y tenait pas le premier rang; deux ou trois médiocrités, monnaie de son talent, remplissent très convenablement sa place vide, mais sa nouvelle patrie chrétienne l'a-t-elle accueilli comme il faut? Lui avez-vous offert dans votre armée des saints le grade qu'il mérite?...

Je fis encore d'autres questions. Il me fut répondu :

— Le royaume où notre ami Jean, grand esprit et plus grand cœur, s'est réfugié, n'est pas de ce monde; on n'y vient pas chercher ce qui est l'objet des ambitions de la terre, et les grades n'y sont pas conférés par les hommes.

Cette réponse ne me satisfit point complètement parce que je connaissais ou croyais connaître dans le royaume dont il était parlé des personnes qui n'avaient pas mis de côté, tout à fait, en apparence du moins, l'appétit des choses terrestres.

— Je suis assez votre partisan, dis-je, pour avoir le droit de vous parler avec franchise. Vous êtes la loyauté même : pourquoi employer à tout bout de champ ces formules fuyantes qui appartiennent à la langue de Tartufe? Vous savez bien qu'il y a chez vous nombre de gens très avantageusement placés qui prêchent la théorie du renoncement, mais qui ne la traduisent pas en pratique.

— Non, certes, répliqua mon interlocuteur, je ne *sais pas bien cela*, d'autant que je pourrais vous citer, parmi les *gens très avantageusement placés*, de véritables martyrs chez qui le renoncement consiste à ne pas s'échapper hors de leur dignité pour aller vers la solitude bien-aimée où est la prière dans l'intimité de Dieu, où sont la méditation, l'étude, la pénitence, tous les biens dont ils ont soif passionnément. Vous allez trouver encore peut-être que je tombe dans les formules de Tartufe. Cela ne m'inquiéterait point. Le mal s'empare incessamment de la langue du bien, et je vous le demande : parce que Tartufe politique a déshonoré en se les appliquant ces beaux noms, libéral, patriote, etc., aurez-vous honte d'aimer la liberté ou de chérir la patrie? Ah! il faut entendre notre ami Jean parler de Tartufe! Tartufe ne nous gêne pas, nous savons bien où il demeure..... Maintenant, prétendre d'une façon absolue que Tartufe ne se glisse jamais dans nos rangs serait assurément de la jactance. Mais quel pauvre Tartufe que celui-là! Et comme il se trompe de porte! Nous n'avons à lui donner ni millions ni portefeuilles. Soyez sûr que, s'il est entré chez nous par mégarde, il n'y restera point, et que son plus cher souci sera bientôt de se glisser dehors. S'il restait, c'est que nous l'aurions converti par impossible, et qu'il ne serait plus Tartufe...

— Tartufe! s'écria derrière nous la voix sonore de Jean : qui parle de Tartufe? Tartufe est à moi!

Nous nous retournâmes; il marchait droit à moi les deux mains tendues.

— Salut, confrère, me dit-il, nous ne nous connaissons pas, mais c'est égal. On vient de m'apprendre que vous étiez venu voir quel animal je suis. Comment se porte la république des lettres? J'ai été républicain, et j'ai été homme de lettres. Les morts vont vite parce qu'ils sont vivants et que les vivants qui sont morts restent immobiles. J'ai crié vive la Pologne! autour du citoyen Louis Blanc, et je me suis battu pour Victor Hugo le soir d'*Hernani*. Il y a un siècle de cela, mais c'était hier. Est-ce qu'ils parlent encore un peu de moi, là-bas, dans leur purgatoire?

Je ne sais pas ce que je répondis, mais il sourit d'un air content et passa son bras sous le mien. Il m'entraîna sans plus s'occuper de mon éminent interlocuteur que si ce dernier n'eût pas existé. Je compris pourquoi Jean n'avait pas de grade. Il manquait un peu de tenue.

— Je viens de gagner mes dix francs, me dit-il; c'est cher, car j'en donnerais bien vingt, si je les avais, pour parler à ces chers garçons qui m'écoutaient tout à l'heure. Comment m'as-tu trouvé?

Involontairement, je cherchai à droite et à gauche la personne interrogée par lui, car il ne pouvait me venir à l'idée qu'il me tutoyât ainsi à première vue; mais c'était bien à moi qu'il parlait, puisque nous étions seuls au milieu de la place Saint-Sulpice. Je répondis de tout mon cœur :

— Je vous ai trouvé très beau.

— Merci, me dit-il, mais ce n'est pas ça : je te demande si *tu y as été de ta larme?*

— Oui, répondis-je encore en riant malgré moi, j'y ai été de ma larme. Vous êtes un très puissant orateur.

— Alors, reviens m'écouter. Je te donne à apprendre, en attendant, les trois premières leçons de ton caté-chisme. Tu me les réciteras la prochaine fois. Ça te va-t-il?

— Je suis excessivement occupé, objectai-je.

— Parbleu ! nous avons tous de la mauvaise besogne par-dessus les yeux !... Tu sais, ne te formalise pas si je ne te dis pas *vous*. Tu es peut-être un gaillard d'im-portance dans ta catégorie, mais tu n'es pas *plusieurs*. Moi, je suis de la génération de 1830, qui tutoyait tout le monde.

C'était à peu près exact, sauf exceptions. Parmi les artistes et les littérateurs de cette époque vraiment féconde, un très grand nombre, et je ne parle pas des moins illustres, sacrifiait à cette manie de *tutoyage*. Jean continua :

— Si ça t'incommode, tu me lâcheras, car de m'en déshabituer c'est impossible : je n'exige pas qu'on me rende la pareille dans les commencements. Veux-tu me reconduire jusqu'à ma tanière ! Nous causerons de Tartufe qui est un des plus grands livres à faire de ce temps-ci. Peut-être que tu le feras. J'ai lu au moins vingt pages de toi, par-ci, par-là. C'est original. Quand tu sauras ton catéchisme, tu seras assez l'homme qu'il faut pour déshabiller Tartufe... Je demeure derrière les Invalides.

— Prenons une voiture, dis-je.

— Non pas... Mais tu peux me la payer, comme si nous la prenions : je vis d'aumônes, et mes pauvres aussi.

Je n'avais pas très bon cœur assurément, car, après ces paroles, le contact de son bras me fit éprouver comme une gêne. Il reprit :

— La dernière année que j'ai *travaillé*, comme dit Madeleine (c'est ma femme), j'ai gagné soixante-cinq mille francs à écrire des choses qui ne valaient pas quatre sous. Lis-tu l'*Univers*?

— Souvent, oui, répondis-je : il y a là une telle puissance de talent...

— Énorme ! Et bien plus que du talent : du catéchisme ! C'est le seul journal où j'aurais encore souhaité d'écrire, mais ils n'ont jamais voulu de moi. Ils ont bien fait, je ne vaux plus rien, excepté quand je bavarde...

Il pressa le pas et tourna la tête. Nous passions jus-

tement devant les bureaux de l'*Univers,* qui, depuis
lors, ont changé de place.

— Ah ! reprit-il avec un soupir, j'ai eu de la peine
à me déshabituer de la plume et de ceux qui s'en servent ! Je les connaissais tous, les pauvres chers esprits,
je les aimais, je les aime encore. Ils sont bons, que Dieu
les appelle ! J'ai pleuré le trop-plein de ma joie, quand
Augustin Thierry, ce maître, nous est revenu après
avoir voyagé si loin de nous ! Dès qu'il fut devenu
aveugle, il vit la Lumière. Et Frédéric Soulié, le robuste
inventeur, si violent et si doux ! C'est moi qui lui don-
nai à baiser la croix de mon chapelet, à Bièvre, la
dernière nuit. M. Guizot, qui avait été mon professeur,
m'a mis à la porte de chez lui, disant qu'il ne voulait
pas d'un coquin comme moi pour convertisseur. Qu'importe l'outil, cependant, pourvu que la besogne soit
faite ! Mais M. Guizot s'adorait lui-même tout franchement, et beaucoup de catholiques l'y aidaient. Balzac,
lui, me répondit gravement : « Je suis plus converti que
toi. » Alfred de Musset... chère belle âme tourmentée !...
Mais laissons dormir les morts. Dis-moi des nouvelles
de ceux qui vivent. Parle-moi d'Hugo, le poète
colossal qui a ébloui ce siècle et dont le dernier cri sera
un cantique, j'espère encore cela. Parle-moi du bon,
du grand Dumas qui n'a jamais eu le temps de regarder
son propre cœur. Parle-moi d'Eugène Sue, loup enragé
dans ses livres, bergère à la maison, qui fait bouillir ses
mains dans de l'eau de rose quand il a touché la patte
d'un tribun, et de Gozlan, amertume étincelante
montée en bouquet comme un feu d'artifice, et de Jules
Sandeau, ce chrétien qui s'ignore, si tendre, si fin, si
Français, et de Philarète Chasles, et d'Alphonse Karr,
et de George Sand, l'âme admirable à qui rien ne

manque, sinon Dieu, c'est-à-dire tout. Michelet est-il
devenu capucin comme il en avait peur? Je ne fais pas
semblant d'ignorer, au moins ! c'est très sérieux, je vis
à cent pieds sous terre. Il m'est tombé, je ne sais d'où,
un joli petit drôle de livre en sucre de pomme, mauvaise
action assez gentiment troussée, blasphème frisé par le
perruquier. C'est intitulé la *Vie de Jésus*. On dit que
toutes ces dames du quart de monde en raffolent. Je
crois bien ! Il y a de quoi ! Et je parie que les honnêtes
femmes n'en laissent pas leur part ! les honnêtes
femmes qui vont au sermon quand on se bat à la porte...
Te souviens-tu de l'anecdote du président de cour
d'assises qui, avant d'entamer un débat scabreux,
s'adressa à l'auditoire tout chatoyant de toilettes et
dit : « Je prie les dames qui se respectent de sortir. »
Personne ne bougea, bien entendu. Les toilettes ne
viennent pas à la cour d'assises pour se respecter ! Je
cherche le nom de ce président : c'était à coup sûr un
homme d'esprit. Il attendit deux minutes et reprit
avec bonhomie : « Toutes celles qui se respectent
étant sorties, il ne reste que celles qui ne se respectent
pas; nous n'avons plus de gants à prendre : Huissiers,
purgez la salle ! » Le succès de la *Vie de Jésus* est dû
à ces dames, dont quelques-unes ont cru faire, peut-
être, une lecture de piété, tant elles sont candides !
Jamais spéculation de librairie ne fut plus heureusement trouvée. Toutes les toilettes dont notre président purgea l'audience ont lu ce livre ou le liront en
s'extasiant sur son « impartialité. » Moi, depuis qu'on
l'a glissé sur ma table, je ferme ma porte aux livres,
et je pourrais presque dire que je ne sais plus si l'on
fait encore des livres... Voici l'entrée de ma tanière.
Elle ne fait pas peur à tout le monde. Montalembert

s'y risque de temps en temps, et Ravignan aussi, le seul homme que je n'aie jamais tutoyé, sauf Nosseigneurs les évêques.

Montes-tu?

Depuis Saint-Sulpice, je n'avais pas prononcé une demi-douzaine de mots. Jean avait cette manière de causer qui épargne les répliques. On l'écoutait comme on lit un livre; seulement les livres sont choses mortes, et lui vivait si abondamment que je désespère à chaque instant de traduire, ne fût-ce que par à peu près, l'effet produit sur moi par sa parole.

Je montai, il parut content. J'entrevis Bonif, enfant maigre, mais joli comme un diable et dont les prunelles rieuses étincelaient; je vis Madeleine qui me donna une poignée de main, quand j'eus dit que Jean avait admirablement prêché. Elle et Bonif disparurent par la porte du cabinet noir, et je me trouvai seul en face de Jean qui se carrait dans son grand fauteuil en lambeaux. Il se mit à parler de *Tartufe moderne*, « le livre à faire, » et précisément à propos de la *Vie de Jésus* il entama le chapitre des avantages de toute sorte qu'un brave écrivain, sachant compter, trouve, en notre siècle, à crucifier de nouveau le Christ.

Certes, il ne confondait pas certains hommes de talent, de belles lettres et de savoir, assez forts pour traduire l'antéchristisme prussien à l'usage des apprentis bacheliers et des demi-mondaines, avec ces pauvres diables de cannibales crottés qui gagnent leur bock à dévorer de la viande de prêtre dans les journaux dits populaires; non, il faisait la part de chacun, rendant justice au mérite de ceux qui vendent du Jésus pour des centaines de mille francs, tandis que

d'autres spéculateurs subalternes n'en retirent pas
même trente deniers. Mais il prouvait que ceux-ci
comme ceux-là vivent de l'Hostie profanée, et que
leur métier, le plus facile de tous, à la portée des
grands esprits comme des vulgaires stupidités, offre
à la jeunesse de notre temps une carrière nouvelle, précieuse entre toutes pour les libres familles.

Quand il entamait ce sujet, bien autrement large
que je ne puis l'indiquer ici en passant et qui tiendra
une certaine place dans ces pages, Jean ne tarissait
pas.

— Molière est mort, disait-il; Molière ressuscité
pourrait seul modeler le pendant de son étonnant
chef-d'œuvre que beaucoup, parmi les catholiques,
ont le tort de nier ou de méconnaître. Il a fait le Tartufe de la religion; il a eu raison : ce monstre existait;
ce qu'on pourrait reprocher à Molière, c'est de lui avoir
donné, pour les besoins de la scène, des audaces et des
naïvetés qui ne cadrent pas avec la prudence de l'hypocrite consommé. Mais le génie n'a pas à rendre
compte de ses défaillances. Il crée une formule; à ce
moule il donne un nom qui devient la justice des
siècles. Autres temps, autres monstres. Molière, rendu
à la vie et promenant sur notre monde la clairvoyance
de son regard, reconnaîtrait Tartufe et chercherait en
vain sur ses épaules l'habit de fantaisie dont sa
« fronderie » gauloise l'affubla aux jours où cet habit
revêtait la puissance, le crédit, l'autorité. Molière
reprendrait aujourd'hui son moule pour y forcer le
vrai Tartufe, vivant de popularité escamotée : non
pas du tout ces petits Tartufiaux qui font des livres
en pâte de guimauve juive, mais le grand Tartufe de
notre époque, l'hypocrite social et politique qui at-

taque à la fois l'Église, la magistrature, l'armée et
l'État, l'homme-poison, violent ou douceâtre, il
importe peu, travaillant le suffrage universel comme
on foule le raisin dans la cuvée pour en exprimer quoi?
sa propre fortune, la réussite de sa propre ambition,
la pitance de son propre appétit. Voilà un Tartufe qui
en vaut la peine ! Un mâle d'hypocrite, celui-là, ne
reculant devant rien, promettant l'impossible de sa
voix de stentor, enflée par la trompette de la foire,
mentant à des millions de naïfs qui lui donnent un
sou chacun sur le prix de leur pain, pour abattre tout
pouvoir, pour démolir toute loi, pour miner toute
morale, parce que tout pouvoir le gêne, toute loi l'en-
trave, toute morale le condamne. Serait-ce assez de
Molière lui-même pour se prendre corps à corps avec
ce pître géant, avec cette monstrueuse queue-rouge
qui montre au pauvre la richesse d'autrui en lui
criant : « Déshérité, voilà ton héritage ! nomme-moi
député, moi, ton bienfaiteur, ton seul ami, ton frère
et ton père ! nomme-moi ministre, nomme-moi tout,
ce sera comme si tu te nommais toi-même ! »

Il pouvait être neuf heures et demie du soir au
moment où nous entrâmes dans sa tanière. Quand je
redescendis son escalier sans chandelle, deux heures
du matin étaient sonnées depuis longtemps. Il avait
parlé, j'avais écouté; aussi me dit-il au moment où
je prenais congé de lui :
— Il y a plus d'esprit dans ta conversation que dans
tes livres : donc tu pourrais mieux faire que tu ne
fais, même au point de vue frivole où tu te places. Je
ne me compare pas à Socrate, le plus grand des anciens,
puisqu'il entrevit l'ombre de Dieu et la figure du sacri-

fice, mais j'ai cela de commun avec lui que j'accouche volontiers la pensée d'autrui. Viens me voir. J'ai mes pauvres, et Job avait les siens, j'en suis sûr, qui étaient plus riches que lui. J'irai dîner chez toi de temps en temps. Quand tu me tutoieras, je te raconterai ma conversion, et alors tu feras UN LIVRE qui étonnera tes ennemis et tes amis.

— Il ajouta en frappant sur l'in-folio où étaient les notes de son *Introduction au catéchisme* :

— En attendant, quand tu voudras des sujets de turlutaines, ne te gêne pas avec moi. Il y a là dedans des milliers de romans, et des drames, et des comédies. Je te choisirai les moins nuisibles, avec la sauce par-dessus le marché et la manière de t'en servir. A te revoir.

III

D'UN SUJET DE DRAME ET DE LA RÉPUGNANCE QUE
JEAN AVAIT A MONTRER LE FOND DE SON CŒUR

Un soir d'hiver, je le trouvai seul à la maison et
tout malade.

Il grelottait dans sa vieille robe de chambre qui
ressemblait à une capote de soldat.

Le petit poêle était allumé, mais chauffait mal, et le
vent qui est chez soi, dans ce quartier des Invalides,
chantait tout un recueil de mélodies grinçantes entre
les jointures de la fenêtre.

Jean avait envoyé Madeleine au salut de Saint-
Pierre du Gros-Caillou avec Bonif, qui avait alors
sept ou huit ans, et montrait déjà de remarquables
dispositions pour faire un gamin de Paris sans foi ni
loi.

— Bon ! s'écria-t-il en me voyant, j'aurais parié que
tu viendrais ce soir ! c'est comme un fait exprès ! tu
viens toujours quand je suis malingre !

— Je peux m'en aller, si tu veux, répondis-je.

Car je le tutoyais, il avait gagné cela. Notre connaissance datait maintenant de dix-huit mois ou deux ans.
Il m'aimait beaucoup, tantôt m'accordant une valeur
intellectuelle que je n'ai jamais possédée, tantôt

3.

m'écrasant sous de paternels dédains. Moi, je ressentais pour lui une affection qui grandissait chaque jour. Il était entré dans ma vie. J'avais besoin de lui pour penser.

Il ne faudrait pas vous égarer sur ce mot « penser » que j'emploie à défaut d'un autre, moins large et surtout moins haut. Mes pensées ne s'élevaient point au-dessus de la sphère très humble où les romanciers cherchent leurs inspirations; je ramenais tout, même les discussions les plus respectables, à mon dada, qui était le roman.

Et par le fait, j'ai souvent soutenu cette thèse que le romancier doit tout savoir ou du moins ne rien ignorer; le succès populaire d'une foule d'âneries, parmi lesquelles je range de tout cœur les miennes propres, me donne tort dans la pratique, mais, au fond, il se peut que j'eusse raison.

Le roman n'a pas dit son dernier mot. Puisqu'il est souverainement puissant pour le mal, pourquoi serait-il impuissant pour le bien? Les petits papiers de Jean répondront peut-être à cette question comme à tant d'autres.

Jean professait cette opinion que les catholiques ne devraient pas confier, comme ils le font trop souvent, à des mains tristement insuffisantes, le soin de manipuler la fiction, si la fiction est utile et même nécessaire. En considérant d'un côté les diaboliques éloquences du Mal, de l'autre les cotonneux et pâteux enfantillages que lui oppose le Bien... ah! Jean était un intraitable en fait d'art! A quiconque tenait une plume, catholique ou non, il demandait le talent, d'abord, c'est-à-dire le droit de tenir la plume.

Était-ce demander trop?

Mais il sera temps de l'écouter quand il parlera sur ce sujet; aujourd'hui, il s'agit de tout autre chose.

A ma proposition de le laisser seul avec sa mauvaise humeur il répondit d'un ton dolent :

— Te voilà bien ! Tu manqueras donc toujours de bonne foi dans la discussion ! Je me plains, et tu m'accables ! Je voulais dire tout uniment qu'hier je te désirais, j'étais en verve, j'ai ébloui Madeleine ! Mes théories ont fait tourner la toupie de Bonif toute seule ! Jamais je ne m'étais vu comme cela... Y a-t-il deux petits morceaux de bois derrière le poêle? Mets-les dans le feu et prends garde de l'éteindre.

J'obéis, et le poêle se mit à ronfler. Jean se frotta les mains énergiquement.

— Me voilà comme le poêle, dit-il; tu m'as rechargé. Non seulement tu ne t'en iras pas, mais minuit sonnant nous causerons encore. Connais-tu révérend Wandham?

— Non, répondis-je, qu'est-ce que c'est?

— C'est un mort, car il écrivait en 1769. Il était Anglais, protestant, et de son métier wandhamiste, comme Luther est luthérien et Calvin calviniste. Ses œuvres, tout particulièrement assommantes, consistent en trois volumes de polémique, dirigée contre révérend W.-J. Bainbridge qui était bainbridgiste et qui faisait aussi des livres, non seulement pour répondre à révérend Wandham, mais encore pour attaquer avec la dernière violence révérend Flibbert et révérend Nicholas Hollope, l'un flibbertiste convaincu, l'autre déterminé hollopiste. Ces quatre révérends, pasteurs de quatre congrégations fondées par eux-mêmes et dont chacune avait au moins un adhérent, qui était son fondateur, formaient ensemble la grande église dissidente, browniste, non trinitaire et tiers-conformiste, instituée par leur maître commun, révérend Brown, en son vivant mauvais cordonnier, mais excellent prophète.

La grande église browniste avait une chapelle qui était l'ancienne boutique de Brown, auprès du marché de Smithfield, et les quatre frères ennemis s'y réunissaient une fois par mois pour se battre. Ces détails font partie de mon commentaire anecdotique sur Bossuet : *Histoire des variations*, où j'ai rassemblé une assez grande quantité de traits pouvant donner une idée du prodigieux hachis de croyances connu sous le nom de Foi Protestante. Nous n'avons pas à entrer là dedans aujourd'hui. Je veux seulement te soumettre un point de départ de roman, trouvé par moi dans le deuxième tome de révérend Wandham, traitant contre révérend Bainbridge la question de la non-certitude de témoignages, à propos du meurtre dogmatique de Michel Servet, rôti par les libres fagots de Calvin.

L'anecdote est d'autant plus curieuse qu'elle se rapporte à Jack Sheppard, le Cartouche de l'Angleterre. La voici en quelques mots :

Jack Sheppard (celui de 1740, car l'Angleterre en possède plusieurs) venait de se marier dans une famille honorable du Strand. Toi qui as fait les *Mystères de Londres*, tu sais que Back Sheppard, roi de la *Grande Famille* des voleurs et duc des *Gentilshommes de la Nuit*, avait la manie du mariage légitime. On lui a connu jusqu'à seize femmes légalement épousées sous divers noms; il en tuait bien quelques-unes de temps à autre, comme Henri VIII, mais, à part cela, il les traitait avec beaucoup de douceur, et lors de son fameux *procès de la rivière* pour les diamants de la duchesse de Kent, il se présenta cinq de ces dames, vivantes et bien portantes, pour témoigner en sa faveur.

C'était un des plus jolis garçons de son temps et parfaitement distingué dans ses manières. Aussi tu penses comme on le choyait dans cette bonne maison du Strand où il venait d'entrer en épousant une charmante miss sous le nom d'Arthur Mac-Intyre, capitaine au troisième régiment de highlanders.

Un beau matin, la famille était à déjeuner avec des feuilles de jambon cru, du thé et des pains beurrés en spirales : un océan de thé entre deux montagnes de jambon et de tartines.

Arthur, le cher Arthur arrivait justement d'un petit voyage en Écosse où il était allé toucher ses fermages.

On se mit à parler du crime du jour, car là-bas, comme chez nous, chaque jour a son crime épouvantable, qui alimente tout doucement les conversations entre personnes honnêtes, aimant à s'occuper des coquins.

Le crime du jour était le meurtre du banquier Caxton de Belgrave square, dont on avait retrouvé le corps sous London-Bridge, dans une allège chargée de houille. Pour les besoins de l'histoire, je suis obligé de te dire aussi le crime de la veille, qui était l'assassinat d'une vieille demoiselle puissamment riche, mise à mort dans son hôtel de Southwark, de l'autre côté de la Tamise, et le crime de l'avant-veille : un simple étranglement, opéré dans Ave-Maria-Lane, sur la personne d'un marchand de poisson, plusieurs fois millionnaire. Il se trouvait que ces trois crimes, arrivés successivement à la connaissance du public, avait été commis, en réalité, le même jour et à peu près à la même heure.

On causait donc de cela dans le salon du Strand, et la famille assemblée se divertissait copieusement à ressasser en commun, jeunes gens, parents et grands-parents, les détails des trois « affaires, » ce qui prouve bien que le *Petit Journal*, en tirant ses sanglants radotages à un demi-million d'exemplaires, répond à une infirmité de la nature.

Tout à coup la sonnette de la porte extérieure retentit violemment et un domestique entra tout pâle, en disant :

— Les constables !

— Chez moi ! les constables ! s'écria le grand-père; j'ai soixante-dix ans, et jamais ni la police, ni la justice n'ont passé le seuil de ma porte.

Et sais-tu pourquoi tant d'émotion? C'était à cause de son gendre. Le bonhomme se demandait : « Que va penser le capitaine Arthur Mac-Intyre d'une maison où les constables entrent comme chez eux? »

Les constables cependant étaient conduits par l'officier de la couronne du bureau de Scotland-Yard, qui salua poliment la compagnie et tira de sa poche un papier pour le lire à haute voix : ce papier était un ordre de Sa Très Gracieuse Majesté George II, donnant licence au coroner de mettre la main, en quelque lieu que ce fût, sauf les asiles de Westminster et du Temple, sur le capitaine Mac-Intyre, accusé d'avoir, à huit heures du soir, le 3 septembre 1745 (l'année de la bataille de Fontenoy !), étranglé maître Samuel Oak, marchand de poisson, au n° 9 ½ d'Ave-Maria-Lane.

Le capitaine Mac-Intyre fut ici le moins consterné
de tous.

— Je suis à vos ordres, dit-il au coroner, pendant
que sa jeune femme tombait en syncope, que sa belle-
mère poussait un cri d'Anglaise, le plus discord de
tous les cris après le chant du cygne, et que le grand-
père, démentant pour la première fois son respect pour
l'autorité, qui avait traversé sans broncher les trois
quarts d'un siècle, balbutiait des paroles presque sédi-
tieuses.

Au plus fort de l'émoi général, la sonnette de la rue
retentit pour la seconde fois.

— Qu'on n'entre pas ! s'écria le grand-père : personne ne doit être témoin de l'affront que le roi nous
fait !

— A moins, dit le capitaine Mac-Intyre avec une
très aimable impertinence, qu'on ne vienne encore
nous déranger de la part du roi !

Il ne croyait peut-être pas si bien dire. Le domestique, qui n'était plus pâle, mais livide, entra et balbutia :

— D'autres constables !

— A la bonne heure ! fit le capitaine Mac-Intyre,
et que veulent-ils, ceux-là ?

Ce fut le coroner du bureau de Rotherhite qui se
chargea de répondre.

Ce magistrat, après avoir salué avec courtoisie et
témoigné quelque étonnement de voir la place déjà
occupée, exhiba son papier, contenant ordre de sa
même Majesté George II d'arrêter le même capitaine
Arthur Mac-Intyre, accusé d'avoir, à huit heures du
soir, le même 3 septembre 1745, égorgé miss Dorothy
Trump, ancienne première chanteuse de l'English
Opera House, au n° 17 de Chester Road.

— C'est étonnant ! dit le premier coroner.

— Et divertissant ! ajouta le capitaine.

La mère engagea tout bas la jeune femme à reprendre ses sens, et le grand-père s'écria :

— Est-ce que sa Très Gracieuse Majesté aurait l'idée de mystifier une famille d'Anglais libres !

Il n'eut pour réponse qu'un troisième coup de sonnette, et le domestique, vert d'épouvante, annonça :

— Toujours des constables !

Cette fois, ils venaient du bureau de Pimlico pour le meurtre du banquier Caxton, commis au n° 5 de Belgrave square, par Arthur Mac-Intyre, à huit heures du soir, toujours le 3 septembre 1745.

Pour le coup, c'était trop fort. Le capitaine cria bravo ! et sa famille rassurée se tint les côtes à force de rire, pendant que les trois coroners se regardaient d'un air piteux à la tête de leurs constables ébahis...

Ici Jean s'interrompit brusquement.

— Eh bien ! demandai-je, après?

— Eh bien ! me répondit-il d'un air distrait, Jack Sheppard fut pendu, au grand étonnement de sa famille du Strand. Révérend Wandham constate que ce bandit, réellement remarquable, fut pendu vingt-trois fois dans le cours de sa carrière active, et il en tire cette conclusion wandhamiste, que rien n'est certain ici-bas, ni la vie, ni la mort, ni les coroners, ni les constables, ni la foi, ni la loi, ni le roi, ni les pendus. Jack Sheppard ou le capitaine Mac-Intyre, comme tu voudras l'appeler, s'était ménagé ce que les Anglais appellent un « impossible » et ce que les abonnés de cour d'assises nomment chez nous un *alibi*, le tout poussé à la troisième puissance. Il avait commis trois meurtres pour que chacun d'eux fût la preuve irrécusable qu'il était innocent des deux autres.

— Mais, demandai-je, comment se peut-il que le même jour, à la même heure, dans trois quartiers fort distants l'un de l'autre?...

Il m'interrompit et me dit :

— C'est précisément là ton drame. Il y a drame chaque fois que les faits posent cette bienheureuse question : « Comment se peut-il?... »

Je voulus l'interroger encore, mais il était tombé dans une profonde rêverie.

Je ne saurais dire à quel point les moindres détails de cette soirée sont vivants dans mon souvenir, non pas, à cause de l'histoire des trois alibis, mais parce que Jean, pour la première fois ce soir-là, me laissa voir un coin de son âme.

Avant de tourner ce coude de notre chemin où je devais découvrir un horizon si imprévu de tendresse et de poésie, je dois avouer que je composai un très long roman sur le problème que Jean venait de me fournir.

Cet ouvrage, intitulé *Jean Diable*, obtint un assez bruyant succès.

Je suis à mon aise quand il s'agit de Londres, de ses bandits qui sont tous docteurs en droit, et de ses policiers algébristes, qui ont établi une table de logarithmes pour calculer les chances du probable. J'ai étudié toutes ces choses beaucoup plus, assurément, qu'elles n'en valent la peine. La lutte établie à cent pieds sous terre, entre les professeurs du crime et les virtuoses de la « détection », excita de violentes curiosités, d'autant que, à travers tout cela, passait une des nombreuses incarnations de Jack Sheppard, le brigand légendaire. Je n'engage personne à lire ce livre, qui n'est pas nuisible de parti pris, mais où un effort intellectuel considérable fut dépensé en pure perte, parce que l'enseignement moral y fait défaut tout aussi bien que la lumière religieuse. J'ai commencé, depuis quelques mois, ce dur travail de révision qui doit expurger mes œuvres. Dieu veuille que j'aie la force et le temps de l'accomplir ! C'est le but de ma vie.

Mais soyons désormais tout à Jean. J'ai dit qu'il était tombé dans la rêverie, chose assez rare chez lui, parleur éternel. Pendant près d'un quart d'heure, il me fut impossible d'obtenir un mot de lui, et j'allais me retirer quand Madeleine et Bonif rentrèrent de l'église.

— Allez vous coucher ! leur dit-il presque durement.

Ils se glissèrent tous les deux dans le cabinet noir, et Jean, voyant que j'avais mon chapeau à la main, ajouta :

— Reste, je t'en prie, j'ai besoin que tu restes.

Sans attendre ma réponse, il se leva et alla ouvrir le cabinet.

— Embrassez-moi, vous autres, reprit-il d'une voix toute changée, et dormez bien, mes enfants.

— Qu'est-ce qui te prend donc, monsieur? demanda Madeleine. Est-ce que tu étais fâché?

— A la niche ! répliqua Jean qui lui referma la porte sur le nez.

— Écoute, me dit-il en revenant vers moi.

Mais ce fut tout, et il ne parla point encore. Il fit

deux fois le tour de la chambre, comme si quelque agitation intérieure eût forcé en lui ce mouvement, et il repoussait du pied les objets qu'il rencontrait sur son passage. La troisième fois, il s'arrêta court devant le collier ou chapelet de graines de houx, accroché à la muraille au-dessus du crayon représentant ce père, vieilli et sanctifié par la douleur, qui peignait, à travers ses larmes, le portrait de sa fille morte.

Il me tournait le dos, et pourtant je voyais qu'il pleurait.

— Écoute, dit-il encore de sa pauvre voix plus brisée.

Et comme il n'ajoutait rien, je lui demandai en me rapprochant :

— Voyons, vieux Jean, as-tu besoin de moi?

Je ne saurais trop le répéter, c'était un être singulier, à la fois comédien et vrai, qui ressentait des atteintes de la maladie des lettres au milieu de ses émotions les plus profondes. Il haussa les épaules et me répondit sans se retourner pour ne point me montrer ses larmes.

— Dans ce cœur-là, j'entends dans le cœur du bonhomme Tintoret, puisque le cœur de sa fille ne bat plus qu'y a-t-il? Est-il peintre ou père? Casimir Delavigne a déchiré devant moi une pièce de vers qu'il avait faite sur ce sujet. Il eut raison de la déchirer; il n'était pas l'homme qu'il fallait pour la faire. C'était un poète de milieu, comme Louis-Philippe, son ami, était un roi en bourgeois, Casimir Périer, son Mécène, un Richelieu réduit par le procédé Colas, et La Fayette, son Roland, un paladin coiffé du casque à mèche. L'époque voulait cela. La monarchie s'appelait la meilleure des républiques et prenait un parapluie pour aller, en famille, applaudir les tragédies de Voltaire, du vivant de Vic-

tor Hugo ! C'était un monde moyen, qui avait son talent, sa garde nationale, son honnêteté, sa propreté, sa
sagesse, offrant le contrepied exact de la poésie : une
façon d'Angleterre sans originalité et sans grandeur...
Mais pourquoi est-ce que je te dis tout cela? Peut-
être parce que j'ai peur de te dire autre chose...

Il laissa tomber sa tête si bas que je ne la voyais plus
entre ses maigres épaules.

— Ce fut, reprit-il avec fatigue, le temps irréligieux
entre tous. L'abbé Desgenettes m'a dit bien souvent
qu'il avait chanté vêpres à Notre-Dame des Victoires
devant une nef *complètement vide.* Dans ces quartiers du
commerce heureux, on ne connaissait Dieu ni pour le
bénir, ni même pour l'outrager, ce qui est le comble !
On laissait Dieu tranquille comme une vieille chose qui
a eu sa raison d'être et qui ne l'a plus. J'ai vu cela,
j'ai partagé ce sentiment-là. J'ai vu aussi le sentiment
contraire naître sous la république de 1848, et grandir
sous le règne suivant qui multiplia et remplit les églises.
Je ne suis ni un républicain ni un bonapartiste; si j'a-
vais encore une voix, mon cri serait Dieu et le roi !
mais je blâme dans ma conscience les gens d'esprit et
les imbéciles qui, en face de la barbarie presque vic-
torieuse, fomentent et entretiennent les vieilles rancunes politiques entre braves gens faits pour s'entendre...

Il s'interrompit et balaya son front à deux mains.

— Ah ! j'ai beau faire, reprit-il. Toi aussi, tu sais
par cœur les ruses du malheureux qui veut et ne veut
pas s'épancher. Tu devines bien que mon verbiage est
une reculade. Le vrai, le fond, c'est la fille morte et le
père qui la peint *d'après nature.* Louis-Philippe, La
Fayette et le reste n'ont rien à faire là dedans. En par-

lant du bon Casimir Delavigne, notoirement impuissant pour cette tâche, je voulais chercher, ou faire
semblant, quel était, parmi nos poètes, le cœur capable
de pousser ce gémissement énorme, d'écrire en vers,
étouffés comme des sanglots, mais sonores et poi-
gnants comme l'angoisse qui rugit, cette page baignée
de si terribles larmes, capable de faire parler ce silence
navré, d'éveiller ce martyre engourdi, d'éclairer enfin autrement et mieux que n'a pu le faire un art muet
et immobile, le mystère de douleur et de bonheur, de
consolation et de désespoir, qui est au fond de cette
torture ! C'était encore un mensonge. Nous avons de
très grands poètes, et Laprade est un grand poète
chrétien, mais je savais d'avance que je ne choisirais
aucun de nos poètes ; j'ai parlé pour retenir ma pensée
en moi ; j'ai parlé pour ne pas te dire ma pensée, parce
que, en la disant, il me semble que je vais violer le
fond même de mon âme.

Il revint lentement vers le fauteuil et s'y laissa
tomber de son haut. Pour la troisième fois, il me dit :

— Écoute !

Et, au lieu de parler, il appuya contre ses lèvres les
pieds de son grand crucifix qu'il baisa ardemment.

IV

COMMENCEMENT DE L'HISTOIRE. — LE PÈRE ET LA
MÈRE DE JEAN

La nuit envoyait d'en bas ces murmures qui
s'enflent à mesure qu'on s'élève davantage au-dessus du
niveau de Paris. C'est une voix profonde et sourde
qui enveloppe l'esprit et berce la méditation, comparable en cela aux harmonies tristes et presque pareilles
exhalées par les forêts ou par la mer.

On avait entendu pendant quelques instants le petit Bonif et la vieille Madeleine rôder autour de leurs
lits avant de se coucher, mais maintenant aucun
bruit ne venait plus du cabinet noir; tout dormait dans
la maison et le quartier lui-même allait bientôt s'endormir, pendant que l'autre Paris, la ville du plaisir qui
ne s'amuse bien qu'aux lueurs du gaz, envoyait des
quatre coins de l'horizon le fracas susurrant de sa fête
éternelle.

J'étais ému sans trop savoir pourquoi. Quand je
tourne mon regard vers le passé, j'y rencontre peu de
souvenirs aussi vifs que celui de cette heure nocturne
où je voyais, silencieux et froid en apparence, la parole
suspendue aux lèvres de Jean, comme une larme qui
tremble à la paupière et parfois s'y dessèche avant de
tracer son sillon bienfaisant sur la joue.

Qu'allait-il me dire? Il était de ceux qu'on croit connaître au bout d'une heure et qui vous étonnent encore après des années.

— Aussi bien, reprit-il tout à coup, à la suite d'une pause assez longue, et tirant la conclusion d'une série de pensées qu'il n'avait point exprimées, nous sommes encore très loin de la pauvre Marie, et qui sait si nous y arriverons jamais? Je me suis occupé beaucoup de ce brave homme de génie, Jacques Robusti, que nous appelons Tintoret parce qu'il était fils de teinturier. Pour ma part, je le préfère à Titien Vecelli, son maître; mais quant à sa fille, je n'ai jamais trouvé dans les livres ce que j'y cherchais à son sujet.

Je ne suis pas Tintoret, et ma pauvre Marie... Ah! chère, chère créature!

Jusqu'à ces quatre derniers mots, il avait parlé d'un ton tranquille et presque léger qui contrastait avec son récent émoi. J'étais encore une fois dérouté, mais comme il prononçait : « chère, chère créature! » sa voix s'altéra et l'eau jaillit littéralement de ses yeux.

Jamais Jean ne pleurait, quoiqu'il fît souvent pleurer ceux qui écoutaient sa parole pleine de piéges où l'attendrissement se cachait. Il pressa le crucifix contre son cœur, et, transfiguré qu'il était, il regarda le ciel en disant tout bas d'un accent qui me pénétra jusque dans le fond de l'âme :

— Seigneur Jésus, Cœur de Dieu, faites-lui miséricorde!

Puis, sans transition et comme si, dans sa pensée, il y avait eu entre lui et moi je ne sais quel accord préalable au sujet d'une affaire déterminée, il reprit :

— Donne-moi ta parole d'honneur que tu ne commenceras pas avant d'être converti toi-même.

— Commencer quoi? demandai-je.

— Non pas converti comme tu crois possible de te
convertir, poursuivit-il, toi que rien ne sépare de Dieu,
sinon les petites lâchetés de l'homme du monde et les
mauvaises hontes de l'artiste, non pas converti sagement, modérément, avec économie, mesure et décence
comme le monsieur qui « fait ses pâques », mais converti avec excès, dirais-je, si le mot excès, employé ainsi,
n'était pas un non-sens, mais converti de fond en
comble, noyé dans ta conversion, mort à l'orgueil, né
à la pénitence, méprisant tout ce que tu as admiré,
admirant ce que tu as dédaigné, Sicambre d'un sou
que tu es, converti jusqu'au martyre, ce qui n'est rien,
et converti aussi, voilà le miracle ! jusqu'au chapelet
de ta bonne femme de mère, jusqu'au cierge de la procession porté, la tête haute et les yeux baissés, sous le
regard de tes amis de l'Institut, devant les compassions réunies de la Société des gens de lettres, de la
Société des auteurs dramatiques et de la rédaction du
Figaro !

C'était un tableau complet et une évocation. Je me
vis avec mon cierge et tous mes amis consternés qui me
regardaient. Un frisson me passa sous l'aisselle.

— Un mot de plus, m'écriai-je, en essayant de rire,
et je me fais libre penseur à perpétuité !

Il déposa son crucifix et me prit la main en riant
aussi.

— Voilà donc déjà ceci de gagné, dit-il, tu as compris la grandeur incomparable, l'héroïsme de certains
actes, ridiculisés par le monde, puisque certes tu ne
reculerais pas devant le martyre et que le cierge de la
procession te met en déroute ! Je ne t'ai pas dit que tu
porterais le cierge, je le souhaite pour toi, je l'espère,

4.

je le crois, sachant que tu ne fais rien à demi; je t'ai dit simplement : « Promets-moi de ne pas commencer avant d'être converti ».

— Mais enfin commencer quoi?

— Une chose à laquelle je ne renonce pas sans douleur. Tu as vu mes hésitations. Charles-Quint était un puissant empereur, et je ne suis qu'un pauvre hère, mais du petit au grand toutes les abdications sont les mêmes : on en souffre. La chose en question, c'est moi ou du moins la meilleure portion de moi. S'il s'agissait de la lire à mes ouvriers ou à d'autres, avec mes lèvres je parlerais, mais il s'agit d'écrire, et ma plume est usée. Toi, tu es jeune, ta plume aussi. Tu as dépensé le talent que tu peux avoir à noircir beaucoup de papier, mais tu n'as pas encore fait « ton livre ». Je vais te donner TON LIVRE. Fais-moi la promesse que je t'ai demandée?

— Mais, dis-je, si je suis vingt ans avant de me convertir ?

— Tant pis pour toi ! Mais fût-ce après vingt ans, ceci restera jeune. C'est l'histoire d'une âme, et les âmes n'ont pas d'âge.

— Tu vas dicter?

— Non, le livre ne serait pas de toi.

— Je puis oublier.

— Tu te souviendras... Promets-tu?

— Je promets de ne pas écrire un seul mot de ce que tu vas me dire avant d'être converti.

— Publiquement?

— Et hautement.

— Jusqu'au chapelet?

— Jusqu'au cierge !

Je pense qu'il y avait un tantinet de raillerie dans

mon accent, car il se leva tout exprès pour me tirer l'oreille.

— C'est bien, dit-il, en reprenant sa promenade, j'ai confiance en toi. Et d'ailleurs, quand même tu voudrais manquer à ta promesse, tu ne le pourrais pas. Chaque sentiment a sa langue propre. Il ne suffit pas de croire pour traduire la pensée d'un pratiquant, il faut pratiquer. Je t'ai dit déjà bien des fois ce soir : « écoute, » je te le répète à présent pour tout de bon. Je commence :

Cela s'appellera *les Étapes d'une conversion*. Ne discute pas le titre, je te l'expliquerai. Tu ne donneras point l'œuvre au public comme étant complètement à toi, le public, dès le premier mot, devinerait derrière toi un autre que toi, mais tu reproduiras loyalement nos présentes conventions qui te serviront de préambule.

Tu me désigneras sous le nom de Jean tout court. J'ai nourri très longtemps l'espoir et l'ambition de rendre mon nom de famille illustre; je n'ai pas pu, tu le diras.

Tu diras aussi que j'ai fait quelque bruit, un vain bruit dans un genre de littérature qui est le tien, qui a eu son heure et ses hommes, mais qui était déjà en décadence de mon temps. Ce genre, très difficile par le haut, est trop facile par le bas et devait tomber jusqu'aux mains de ceux qui ne savent pas l'orthographe. Il va, il ira surtout, se vulgarisant, s'abêtissant et se salissant...

Un matin, la réputation que j'avais acquise dans ce genre m'a fait honte, parce que j'ai vu qu'elle ressemblait un peu à d'autres renommées qui me faisaient pitié.

Je l'ai posée sans bruit derrière une borne et je me suis lavé les mains.

Si quelqu'un la retrouvait par hasard, qu'il soit prié instamment de ne point me la rapporter. Je n'en veux plus.

Un jour ou l'autre, tu feras comme moi.

Si j'avais pu, j'aurais pris la plume encore une fois, cependant, mais c'eût été pour écrire une page vraie, presque solennelle, qui aurait valu comme mon testament.

C'est là précisément le soin que je te lègue, et je tiens à ce que mes enfants sachent que dans ton livre il s'agira de moi.

Tu ne les connais pas, mes enfants. Ils sont loin. Dieu m'avait prêté la fortune. Il me l'a reprise; je n'ai plus rien à laisser à ceux que j'aime. Qu'ils aient au moins ceci, témoignage des longs efforts et de la vive tendresse qui furent impuissants à leur assurer les biens de la terre.

Ils vinrent au monde dans une belle maison où rien ne manquait, sinon la prévoyance. Plus heureux qu'eux, moi, j'étais né dans un logis modeste où ma mère avait grand'peine à dissimuler l'indigence de son mobilier sous le luxe de sa propreté infatigable. Mon père, magistrat éminent et obligé par sa position hiérarchique de tenir un certain état dans le monde, n'avait strictement pour vivre que les émoluments de sa charge et vivait, par conséquent, de privations.

A cet égard, j'ai des souvenirs qui me serrent le cœur.

Sous la Restauration, un conseiller en robe rouge touchait trois mille malheureux francs par an, et marchait, aux cérémonies, devant le receveur général qui suait l'or par toutes les coutures. Le sourire gonflé du gros commis semblait dire aux pauvres diables de magistrats : « Mon valet de pied dîné plus souvent que vous ». En France, il faut avoir de la fortune à soi pour exercer les fonctions qu'on honore; il n'y a que les carrefours de la forêt des finances où les gens soient quelquefois contents de leurs gages quand ils ont le doigt caressant et la conscience aimable.

Le receveur dont je parle coûtait à son pays le prix de trois généraux, de trois présidents et de trois évêques. Il savait signer son nom très lisiblement sur les papiers réglés.

Nous étions nombreux chez mon père, qui sollicitait les plus dures missions pour tâcher de suffire à nos besoins. Il était l'homme de peine de la Cour, rivé à son bureau du matin au soir. Que de fois j'ai vu son front, brûlé par la fièvre du travail, chercher le froid de ses mains qui tremblaient la lassitude ! Le loyer était amassé pièce à pièce, et je vois encore la petite boîte de sapin qui avait contenu un « ménage » d'enfant, où l'on sauvait trois ou quatre écus de cinq francs au commencement de chaque mois. Nous avions la religion de nos hardes qui coûtaient si cher !

Si cher à acheter, si cher à raccommoder aux heures prises sur le sommeil de ma mère !

C'est à peine si elle dormait, et mon père était toujours levé avant elle. Ah ! j'aurais dû être meilleur, car j'avais eu sous les yeux un spectacle admirablement beau dans son héroïque humilité !

Quand l'un de nous avait absolument besoin d'une veste, d'une robe ou même d'une paire de souliers, c'étaient des délibérations furtives, tenues dans des coins. Comment faire ? Ceux qui ne comptent pas savent-il

combien cela revient souvent dans les grandes familles ?
« Mangez du pain ! » disait toujours ma mère en servant
à table, mais elle donnait de tout à chacun, gardant
pour elle les débris et radotant à satiété ce pauvre
mensonge qui ne fâchait pas le cœur de Dieu :

— Moi, j'ai le goût fait de travers, j'aime ce que les
autres laissent.

Un soir, nous fûmes bien étonnés ; depuis des années
on n'avait pas vu pareille chose : papa s'était éloigné de
sa table de travail avant le moment ordinaire. A sept
heures, sa lampe cessa d'éclairer son cabinet.

Il se coucha, mais ce n'était point paresse. Sa tâche
si rude et si vaillamment remplie était achevée ici-bas.

J'avais alors dix ans et j'étais le dernier enfant. Malgré la gêne contre laquelle mes parents luttaient et
qui était si voisine de la misère, notre intérieur était
remarquablement gai. On riait à tout bout de champ,
et de bon cœur. Nous ne nous apercevions pas trop,
moi, du moins, de l'effort épuisant qui se faisait au-
dessus de nos têtes pour garder la dignité du rang et les
apparences. Mon père se dépensait de parti pris ; il
avait conscience de ses prodigalités, et il donnait réso-
lûment ce qui lui restait de vie, sans perdre le beau
sourire si franc qui jouait autour de ses lèvres.

Ma mère, aussi brave, mais moins résignée peut-être,
avait le même dévouement infatigable avec un caractère tout différent. Elle se sauvait tantôt du côté de la
terre, tantôt du côté du ciel. Elle était rieuse et pieuse.

On peinait chez nous, mais on ne pleurait pas.
Quand ma mère mit son voile de veuve, j'hésitai à la
reconnaître, parce que je lui voyais dans les yeux ses
premières larmes.

V

LA PENSÉE DE LA MORT

Ordinairement, Jean était un conteur d'action, mimant volontiers l'image et parcourant avec agilité une gamme d'inflexions très variées. Tout à l'heure encore, pendant que, sous prétexte de me fournir un sujet de drame, il effleurait si drôlement la question lamentable et grotesque de l'émiettement doctrinal subi par les diverses communions protestantes, j'admirais la vivacité de son geste et le singulier bonheur de ses intonations.

Mais maintenant, il parlait presque à voix basse et ses mains immobiles restaient croisées sur ses genoux.

— Ce soir-là, reprit-il, où le père se coucha avant l'heure pour la première fois depuis que j'avais l'âge de raison, l'inquiétude ne vint d'abord à personne parce qu'il avait veillé la nuit précédente auprès de maman avec Charles, notre aîné, et mes deux sœurs, Louise et Anne. Maman était sujette à des crises très douloureuses, mais qui ne laissaient d'autre trace qu'un irrésistible besoin de sommeil.

La journée s'était passée joyeusement, mon frère le soldat avait écrit de je ne sais plus où une de ces lettres que nous aimions tant et qui, cependant, ne disaient trop rien, sinon que la prochaine en dirait davantage; ma sœur aînée la religieuse avait envoyé un panier des belles prunes du couvent que je vois plus grosses que des pêches à travers le temps.

Papa mangeait peu de fruit, mais il avait pour « la religieuse » une petite préférence que maman lui reprochait parfois en riant, et il goûtait de ses prunes. On avait dîné de bon appétit; le père avait dit, pendant que nous fêtions le panier de prunes au dessert, la fameuse histoire de Laurent Bruand, le fin matelot de Bretagne qui acheta dix navires chargés de poudre d'or pour un bouton de culotte (1), et comme le père ajoutait toujours quelque facétie nouvelle au texte original, le repas avait fini dans un éclat de rire.

Nous restions quatre à la maison, outre les absents : mon frère Charles, mes deux sœurs et moi. Tout cela riait de grand cœur à l'occasion, et maman plus haut que les autres.

Mais un quart d'heure après que la lampe fut éteinte dans le cabinet, il y avait, par toute la maison, un vent de trouble qui était déjà du deuil, j'entendis Anne, ma sœur cadette, qui disait à l'autre tout bas :

— Il allait tout courbé en se tenant aux chaises, et maman a fermé la porte sur lui dès qu'il a été entré dans sa chambre.

Ma sœur Louise, qui était la plus éveillée de la famille, avait la figure toute changée. Elle me fit mettre à genoux dans la salle à manger où nous étions, et nous commençâmes à trois la prière du soir. Il y avait des pas qui allaient et venaient.

(1) Cette légende, si populaire parmi les marins bretons, se trouve au long dans la *Première aventure de Corentin Quimper*.

— Mais qu'y a-t-il donc? demandai-je après le *Pater*. Je ne peux pas respirer, quelque chose m'étouffe.

Anne répondit :

— C'est papa qui ne se trouve pas bien.

Louise ajouta :

— Il ne devrait jamais manger de prunes.

Nous commençâmes le *Credo*. Mes sœurs avaient des distractions, et leurs pauvres voix chevrotaient.

Notre vieille bonne entra en disant :

— Ils sont retournés dans le cabinet. Madame a voulu faire elle-même la couverture, et monsieur s'est entêté à ranger ses papiers. Alors, il a tombé...

— Tombé ! s'écrièrent mes deux sœurs en un gémissement.

Moi aussi je dis : « Tombé ! » mais j'ajoutai : « S'est-il fait mal? »

Notre bonne Julienne reprit :

— C'étaient les papiers de l'affaire Sicard, le banqueroutier que monsieur dit toujours qu'il est innocent, malgré toutes les preuves. Nous l'avons mis dans son lit bien bassiné, madame et moi... Ah ! il n'est pas bien lourd, ni gras, le pauvre monsieur ! et alors M. Charles a parti au galop pour ramener M. Jamond et M. Olivier.

M. Jamond était le curé de notre paroisse, et M. Olivier notre médecin.

Mes sœurs se glissèrent hors de la salle à manger sur la pointe du pied; je voulus les suivre, mais Julienne m'embrassa très fort, et je vis qu'elle pleurait.

— Est-ce que ça a saigné quand papa est tombé? demandai-je.

Julienne s'essuya les yeux avec son tablier en haussant les épaules.

Ne va pas croire que j'eusse la pensée de la mort. La mort n'était jamais entrée chez nous, je ne la connaissais pas. Le froid qui se glissait entre ma chair et mes os était bien l'horreur de la mort, mais cela n'avait pas encore de nom pour moi.

Quand nous étions malades, maman nous disait :

— Ce ne sera rien.

Je dis de même en interrogeant Julienne du regard à la dérobée. Elle me répondit :

— Va au lit, mon petit homme, madame le veut.

J'obéis tout de suite, parce que je vis bien qu'elle me barrerait le passage du côté de la chambre de mon père, mais je m'arrêtai aussitôt la porte passée, et j'écoutai. On disait :

— Le docteur est là.

Je fus tout rassuré, car le docteur était notre plus grand ami avec M. le curé, et c'était un bien bon médecin. Papa ne parlait jamais de lui sans ajouter :

— C'est le meilleur des hommes.

On dit encore, et, cette fois, c'était la voix de ma sœur Louise :

— Il s'est presque trouvé mal pendant qu'il tâtait le pouls...

Je compris bien qu'elle parlait du docteur, et j'eus le cœur serré, mais l'idée de la mort ne me vint pas pour cela.

Ce que je voulais, c'était voir. Je suivis le corridor où personne ne parlait plus, et j'arrivai jusqu'à la chambre à coucher.

Le docteur Olivier était en bras de chemise. Mon

frère et mes deux sœurs tout blêmes se tenaient derrière lui. Maman s'accrochait de ses deux mains crispées au bois du lit pour ne point aller à la renverse.

Comme elle était tout près de la porte, je lui touchai le bras pour lui dire :

— Ce ne sera rien.

Elle me regarda d'un air fou. Je reculai comme si elle m'eût battu.

Mais de penser que la mort était là, chez nous, oh ! non ! j'en étais à mille lieues. D'ailleurs, mon père que je vis, quand maman se retourna, était très rouge, jusque dans son cou que j'apercevais derrière sa chemise débraillée. Ses yeux roulaient comme effarés, il remuait les lèvres sans rien dire, et ses mains inquiètes cherchaient sur sa couverture des choses qui n'y étaient point.

La mort est la pâleur et l'immobilité. Ce n'était pas la mort...

M. Olivier dit un mot que je n'entendis pas, ma sœur cadette s'affaissa tout d'un coup comme un paquet de linge. On l'emporta. Personne ne parlait. Le bruit de mes dents qui claquaient me semblait énorme, et je pensais que tout le monde en devait être incommodé. Je répétais tout bas :

— Ce ne sera rien, ce ne sera rien.

Quelqu'un, je ne sais qui, me fit taire, et je trouvai cela cruel. Je ne voyais pas ce que le docteur faisait.

Mon père dit tout à coup d'une voix distincte, mais qui n'était plus sa voix :

— Le malheureux n'avait pas d'ordre...

Ma mère tordit ses mains jointes vers le ciel en murmurant :

— Il s'est tué de travailler ! c'est cette affaire Sicard qui lui a monté au cerveau ! voyez ! il en parle encore ! La nuit dernière, en me veillant, il en parlait ! au Palais, ils étaient tous contre ce Sicard, et il avait dit : Je le sauverai !

Julienne arrivait avec de la glace cassée dans un mouchoir. Elle mit le paquet tout mouillé sur la tête de mon père, et je pensais que maman la gronderait pour avoir gâté l'oreiller. Le malade essaya de se révolter contre ce poids qui chargeait son crâne, mais M. Olivier le maintint et dit :

— Le sang se montre !

— Mon Dieu ! mon Dieu ! mon Dieu ! pria par trois fois ma mère avec une ferveur passionnée, allez-vous avoir pitié de nous !

A un mouvement que fit le docteur Olivier, j'aperçus entre son bras et son flanc des choses éclatantes : une cuvette rouge, des linges tachés d'écarlate... Cette fois, je ne pus retenir un cri d'angoisse. Julienne vint et m'entraîna.

— Comme il est blessé ! lui dis-je.

— Mais non, fit-elle, ah ! les enfants ! c'est pour sa guérison. Faudrait qu'il rende une pleine bassine !

— Alors, ce ne sera rien ? demandai-je aussitôt.

Elle m'embrassa, puis me poussa, et je tombai dans le noir de mon petit lit.

— Prie fort, fort ! me dit-elle, le bon Dieu est bon.

Je restai seul, tout ébranlé, tout tremblant, avec un désir confus de fuir je ne sais où et je ne sais quoi, car le mot de la grande terreur qui m'opprimait n'était pas encore prononcé en moi.

Il y avait ce rouge que j'avais entrevu par-dessous l'aisselle du docteur. La nuit qui m'entourait en était toute pleine. Il y avait aussi l'odeur : je voudrais bien t'exprimer cela, mais je ne puis. Cette odeur dont je parle n'est peut-être pas faite d'effluves matérielles. C'est l'atmosphère même de la dernière heure.

Oh ! qu'ils sont braves, ceux qui ne servent pas Dieu et qui peuvent soutenir la pensée de la mort ! Braves ou aveugles ! puisque nous autres, les croyants, détachés de tout ce qui est la terre et plaçant dans cette heure suprême, fin de nos misères, commencement de nos joies, le meilleur, le seul espoir de notre âme, nous ne savons l'aborder, ni rien de ce qui s'y rattache, qu'avec de si profondes épouvantes !

Je n'étais qu'un enfant, et j'étais plus enfant peut-être que ceux de mon âge : si enfant que je ne savais même pas donner un nom au mal qui me poignait, et, après cinquante ans, ce souvenir éveillé ramène la sueur froide à mes pores !

Car il n'est pas question de ma douleur ; à ma douleur j'arriverai : il ne s'agit ici que de ma terreur : mystérieux et miséricordieux instinct que Dieu a mis en nous, indépendamment de ce qui est la sagesse, pour combattre les gasconnades de notre raison et les trahisons de notre chair.

Immense charité de Dieu ! Providence infinie, surtout dans ses détails, vous avez réglé le rôle du moindre grain de sable dans l'équilibre des mondes et vous avez mesuré la fonction précise que remplira dans l'œuvre du salut chaque battement du cœur de l'homme !

Chez nous, les chambres où l'on recevait ceux du

dehors n'étaient assurément pas bien belles; néan-
moins, elles gardaient, comme notre mise à tous, un
certain décorum; mais ce qui ne se voyait pas était
franchement pauvre. Nous couchions dans les recoins.
Mon lit et celui de mon frère Charles qui venait de
passer sa thèse d'avocat remplissaient à eux deux
presque hermétiquement un petit couloir sombre
attenant au cabinet de papa.

Ce fut là que Julienne me laissa, après m'avoir dit
de prier fort, fort. Le cabinet de papa était vide,
puisque la famille se trouvait réunie dans la chambre
à coucher. Quand Julienne fut partie, j'essayai de
faire comme elle m'avait dit, mais je ne pouvais plus
trouver les mots du *Notre Père*. J'avais un poids de
plomb qui m'écrasait la poitrine et je répétais à satiété,
en dépit de moi, ce refrain qui me faisait pleurer, parce
que je n'y croyais plus :

— Ce ne sera rien.

Chaque maison a sa voix familière qu'on n'écoute
même pas, tant elle entre instinctivement dans le
train de vie; mais dès que cette voix change, l'attention s'éveille violemment. Il m'arrivait des bruits
qui n'étaient plus la voix de chez nous, et quand ces
bruits se taisaient, je mettais mes sanglots dans le
silence.

D'autres fois, la solitude du cabinet voisin me parlait. J'entendais la plume de papa qui grinçait,
grinçait... et de je ne sais où, maman me disait à
l'oreille :

— Il a travaillé trop ! C'est cette affaire Sicard qui
lui a monté au cerveau !

Il nous aimait tendrement. Les instants qu'il pouvait nous donner étaient bien courts, mais il avait des histoires touchantes et d'autres à mourir de rire qu'il vous racontait au galop. Avec lui, ce n'était jamais long. En deux minutes il s'emparait de nous par la gaieté ou par les larmes. Comme j'étais le Benjamin, il me prenait encore quelquefois sur ses genoux pour jouer « à la poste : »

> *A Paris, à Paris,*
> *Sur mon petit cheval gris...*

Le temps de chanter ces deux vers en faisant le grand trot, il était déjà un peu essoufflé, mais quand il me remettait à terre, je me trouvais ragaillardi comme par une promenade d'une heure.

Il était incroyablement vivant, et avec lui, cela se gagnait. Nous avions une vieille jambe de bois de l'Empire qui demeurait dans les combles avec deux petits enfants. Papa était leur « Visiteur ».

Le vieux l'attendait souvent au bas de l'escalier pour rendre le salut militaire à son ruban rouge et il disait :

— Six quat'deux ! Le bourgeois n'est pas quelqu'un de bien carré par les épaules, mais il fait tout à la baïonnette !

Je m'étais mis à genoux au pied de mon lit, tâchant de saisir ma prière ; elle me fuyait ; je faisais un si grand effort que la sueur m'inondait. En même temps pour n'entendre plus ces bruits qui m'effrayaient, pour m'isoler surtout de ce silencieux cabinet où la plume de papa grinçait à mon oreille, je fourrais ma tête dans ma couverture tant que je pouvais, pensant :

— Je prie fort, fort ! ô Jésus ! rendez-moi malade
à la place de lui !

Ce qui bourdonnait dans ma tête ! Ce qui s'agitait
dans mon cœur ! Je sautais la poste sur ses genoux...
« Il était une fois un pauvre petit garçon... »

J'entendais cela, et nous étions tous à table autour
de papa qui commençait l'histoire. Et la voix désolée
de maman passait par-dessus, disant : « Il s'est tué
de travailler ! »

Tué ! J'avais donc bien l'idée de la mort? Non.
Depuis que je me connaissais, maman répétait chaque
jour : « Il se tue ! » et papa vivait, et il souriait, et il
travaillait toujours, toujours.

Comment cela peut-il arriver? Il est sûr que je
m'endormis à genoux, la tête entortillée et pleurant
des larmes qui me brûlaient. Je rêvai d'un grand
oiseau qui me mordait les yeux. Je ne sais pas si je
dormis longtemps : je fus éveillé par mon frère Charles
qui me couchait sans rien dire. Et moi, je ne lui demandai
rien. Il y avait maintenant du monde dans le cabinet
et de la lumière, car un rayon passait sous la porte.

J'aimais mon frère aîné qui était pour moi la bonté
même, et je n'ai aimé personne autant que lui, excepté
mon père, ma mère et Marie, mais il me faisait honte
un peu, parce que, au collège où j'allais externe, on
disait : « Charles est un cafard ».

Ce n'était pas toujours la faute de nos maîtres dont
plusieurs étaient excellents, mais, sous la Restauration,
les petits de l'Université étaient « libéraux, » et n'es-
timaient point ceux qui ne savaient pas fumer le cigare
à paille aux devantures des cafés. J'avoue que je
partageais un peu cette opinion.

Mon frère Charles était un cafard, un sournois et même un jésuite, ce qui est encore bien plus grave, parce qu'il étudiait consciencieusement en remplissant avec ferveur ses devoirs de chrétien. Tout jeune, il poussait l'économie jusqu'au scrupule, mais c'était pour donner aux pauvres. Sa générosité cachée ne connaissait point de bornes.

Ces caractères-là n'attirent que Dieu. L'homme les redoute : chacun se sent blâmé plus au moins par leur exemple. C'est toujours l'histoire de Phocion ou d'Aristide, ces chrétiens d'avant Jésus-Christ, et c'est surtout la figure de Jésus-Christ lui-même, représentée par le majestueux et miraculeux passage de son Église à travers la calomnie des siècles.

Le Mal a intérêt et aussi plaisir à rabaisser et à ridiculiser le Bien.

Je te reparlerai de mon frère Charles à propos de ma grande étude sur Tartufe.

Et ce n'est pas seulement le Mal qui s'acharne contre le Bien, c'est le Bien qui voit avec mauvaise humeur le Très Bien.

Chez nous, dans notre maison, pieuse s'il en fut, Charles était loin d'être le favori.

En me mettant au lit, il pleurait tout bas et prenait garde à ne pas m'éveiller, croyant que je dormais toujours. Il me mouilla au front en m'embrassant. Pourquoi ne parlai-je point?

Tout haut, maman priait de l'autre côté de la porte, et elle disait :

— Mon ami, m'entends-tu? Tâche de suivre ce que je dis comme si c'était toi qui parlais et donne ta souffrance au cœur souffrant de Jésus.

Papa était donc là maintenant. Charles murmurait :

5

— Elle en mourra ! C'est trop pour elle ! Seigneur, faites miséricorde !

Moi, je m'étonnais de n'avoir plus en moi ces grands déchirements de tout à l'heure et je m'en affligeais, d'autant plus que la vérité navrante essayait de se faire jour; la prière de ma mère m'avait enfin parlé de mort.

Mais je restais inerte; je n'essayais même pas de lire ma pensée; au contraire, je m'engourdis de nouveau dans une somnolence qui me liait et me serrait, rêvant longuement qu'on me noyait à un endroit de la rivière souillé par le travail des tanneurs et où j'avais vu autrefois des enfants cruels torturer l'agonie d'un pauvre petit chien. J'étais à la place du chien et c'était contre moi que les enfants s'acharnaient.

Je fus éveillé par un grand mouvement qui se faisait.

Une fois, à l'occasion de la croix d'honneur que papa avait reçue, les gens du Palais étaient venus le féliciter. Je me souvenais d'avoir vu ce jour-là le cabinet plein comme un œuf, et le bâtonnier des avocats avait prononcé un beau discours. Il me sembla que c'était encore ainsi, et qu'une foule pareille piétinait de l'autre côté de la porte. La lueur qui marquait le seuil me sauta aux yeux beaucoup plus vive. Je me levai sur mon séant, comme si quelqu'un m'eût appelé. J'essayais de ne point penser; il y avait en moi comme un profond vide, pesant et douloureux, qui me bourrelait le cœur.

Charles passa devant mon lit, et, me voyant demi-levé, il me prit dans ses bras, tout frissonnant que j'étais, pour me dire à l'oreille bien doucement :

— Il ne faut pas avoir peur, papa veillera sur toi

dans le ciel. Viens, mon petit Jean, et ne fais pas de bruit en pleurant, voilà M. le curé qui apporte le bon Dieu...

— Le bon Dieu ! m'écriai-je : tout est donc fini.

Charles me serra contre lui, et la voix du prêtre arriva disant en latin : « Paix à cette maison ». Le clerc répondit avec les assistants, parmi lesquels je reconnaissais ma mère : « Et à tous ceux qui l'habitent ».

Oh ! la pauvre voix de maman, si changée, mais si ferme dans l'agonie de son bonheur expirant !

Nous nous mîmes à genoux derrière la porte que Charles n'osait plus ouvrir avant la fin des prières qui précèdent la dernière confession. Le prêtre continua : « Seigneur, vous me baignerez d'hysope ».

Nous répondîmes avec ceux qui étaient dans le cabinet : « Vous me laverez, et je serai blanchi au-dessus de la neige ».

VI

LA CONFESSION

Jean me parlait ainsi, les yeux fermés à demi, et quelque chose comme un sourire errait autour de ses lèvres.

Il me tendit la main sans me regarder.

— Tu me rends un cher service en m'écoutant, dit-il, et sa main balançait la mienne avec lenteur. Je vois tout cela, et je l'entends. C'est le premier pas de ma route. Il est des émotions qui semblent destinées à s'endormir dans nos cœurs pour y sommeiller longtemps, très longtemps parfois. Elles couvent sous la cendre de l'oubli; nos ambitions et notre folie les étouffent, et tant que nous tenons à la terre par les mille attaches de l'orgueil égoïste, d'où naissent les jouissances et les peines de l'homme sans Dieu, c'est tout au plus si nous savons nous-mêmes que ces impressions muettes existent encore au dedans de nous.

Mais que vienne à sonner une de ces heures terribles et bénies, où Dieu parle à chacun de nous, au moins une fois, le langage de ses avertissements mystérieux; que nous arrive l'admirable sommation de la Providence, sous forme d'angoisses morales, de deuils, de ruine, la mort de nos souvenirs ressuscite. Nous sentons nos yeux mouillés par cette larme d'autrefois, depuis si longtemps séchée; la même larme. Oh ! j'en réponds, la même ! et la jeunesse de nos âmes que le malheur a refleurie nous entraîne vers cette droite voie, foulée par la candeur des enfants, où nous rentrons vieillards consolés, pour mourir.

Tu es jeune encore et tu peux passer pour un des victorieux de la vie. Dans combien de jours l'heure qui terrasse et qui relève sonnera-t-elle pour toi? Je ne sais.

Peu importe.

Elle sonnera.

Souviens-toi alors de ce que je te dis ici. Les années de doute et d'indifférence qui auront formé le milieu de ta carrière te paraîtront comme si elles n'étaient point. Tu t'étonneras de les avoir vécues. Pour toi, ta conversion datera de ton innocence même, et tu suivras jour à jour dans ton passé plein de trouble les pas lumineux, non point de toi, aveugle et méchant, mais les pas de la miséricorde divine, *les étapes de ta Conversion* marchant vers toi malgré toi, et jalonnant sa route avec tes pleurs.

Tu te verras chrétien au milieu même de tes révoltes, au plus fort de tes ingratitudes, non point par toi, lâche, presque apostat, mais par Dieu obstiné qui se cachait en toi pour t'attendre.

Je continue : c'était ce mot « on apporte le bon Dieu » qui m'avait forcé à comprendre bien mieux que si Charles eût prononcé le nom même de la mort. Tu es, toi aussi, de la province. Tu sais le religieux émoi que fait naître sur son passage ce petit dais, précédé par deux cierges et sous lequel se hâte, au son de la clochette, le prêtre porteur du saint Viatique.

Chez nous, dans ma ville natale, le peuple ne s'est

pas encore laissé abrutir tout à fait par les ignorantins de la presse matérialiste. Le bon Dieu qui va donner aux agonisants la force de mourir est toujours salué le long de son chemin, et beaucoup de braves gens lui font escorte, soit qu'ils s'arrêtent avec respect au seuil de la maison visitée, soit qu'ils entrent, profitant de la suprême hospitalité qui ouvre toute grande la porte de l'agonie.

Pour les simples et pour les enfants, le bon Dieu ne se dérange pas en vain; il vient cueillir une âme. La sublime idée de naissance que notre Sauveur a placée au sein même de la mort se dégage ici pour les pauvres d'esprit comme pour les docteurs, et plus clairement peut-être pour les pauvres d'esprit.

Sous ce petit dais c'est l'Éternité qui marche, apportant l'autre baptême au nouveau-né du monde à venir.

J'avais dix ans, j'étais de ceux qui comprennent ainsi l'arrivée du « bon Dieu », au moins pour ce qui regarde la porte de tout espoir humain. Ma conviction se fit d'un coup qui m'écrasa le cœur sans lutte. A la place de ma tendresse que je n'avais pas bien connue et dont je mesurais soudain la profondeur, il y avait un deuil morne. Papa n'était plus à nous. J'assistais au commencement de ses funérailles.

Le prêtre disait : « Seigneur, exaucez ma prière ». Nous répondions : « Et que mon cri monte vers vous. »

Puis l'*Introeat* fut récité et il se fit un silence tout plein de mouvements sourds. Mon frère Charles profita de cet instant pour entr'ouvrir la porte et me fit passer le premier.

Ce qui frappa mes yeux tout d'abord, ce fut mon

père lui-même, couché sur un cadre au milieu du cabinet, c'est-à-dire à l'endroit juste où était d'ordinaire son petit fauteuil de cuir, devant le bureau en bois noir.

On peut dire qu'il avait passé là les trois quarts de sa vie, travaillant sans relâche ni trêve au long des jours et une partie des nuits. Derrière le chevet était maman, transfigurée en vérité par la douleur, mais aussi par la vaillance de sa foi.

Au moment où j'entrais, elle soulevait à deux mains la tête de son cher malade, dont les mouvements désordonnés avaient repoussé l'oreiller et saccagé les couvertures; elle lui disait très haut comme on parle aux enfants qui ne veulent pas s'éveiller :

— Mon ami, m'entends-tu, toi qui as tant de courage? au nom du Père, du Fils et du Saint-Esprit, m'entends-tu, mon mari, mon ami? fais signe que tu m'entends. Ah! si Dieu voulait me donner ta souffrance! Est-ce que tu ne me reconnais pas, moi que tu as tant aimée! Dis-moi seulement avec tes yeux que tu m'entends : Notre Père... Notre Père... *Pater noster qui es in cœlis*...

Elle se retourna vers le docteur qui était debout de l'autre côté du lit et demanda :

— Est-ce que je lui fais du mal?

Le docteur Olivier, homme brusque d'apparence, presque brutal, mais excellent et de qui je connais des miracles de charité cachée, avait le malheur de ne point croire aux choses de l'autre vie. Du moins, il s'en vantait, comme beaucoup de ses confrères qui pensent que l'âme, mouvement d'horlogerie perfectionné, ne saurait exister, puisqu'ils ne l'ont jamais trouvée en disséquant des chairs mortes à l'amphithéâtre. Je l'avais entendu souvent s'élever contre la cruauté de ceux qui « tourmentent » les mourants avec des pensées de religion, mais aujourd'hui il répondit :

— Non, oh ! non, vous ne lui faites pas de mal, pauvre madame ! Vous êtes deux saints, lui et vous. S'il peut encore entendre quoi que ce soit, c'est la langue que lui parle votre cœur !

Et il ajouta, pendant que ses paupières battaient pour refouler des larmes :

— De l'or, c'était de l'or que le cœur de cet homme-là !... Monsieur le curé, vous pouvez bien essayer « vos affaires, » si vous voulez.. Je ne m'y oppose pas. Je lui ai promis bien des fois sur l'honneur de ne pas le laisser s'en aller sans confession. Il entend peut-être, essayez !...

Il prit sa course, suffoqué par l'émotion, et me jeta de côté pour se réfugier dans le couloir où nous couchions, et je l'entendis sangloter, répétant :

— De l'or ! c'était de l'or ! Et mieux que de l'or !... Qu'il fasse donc un miracle, leur bon Dieu ! qu'il rende ce père de famille à ceux qui vont rester si malheureux... Et j'irai à la messe ! Parole ! et à confesse aussi !

M. Jamond, le curé, était au chevet avec le crucifix, et il pleurait, mais autrement que le docteur ; ses yeux étaient mouillés, sa figure restait sereine. Au fait, tout le monde pleurait...

Et laisse-moi dire exactement comme c'était, car je le vois.

Derrière maman, on voyait des têtes et des têtes moutonner et se perdre dans l'autre chambre qui était pleine aussi. En avant de maman, il y avait le curé, le clerc et deux choristes dont l'un portait l'eau bénite et l'autre les saintes huiles. Mes deux sœurs étaient à genoux vers le pied du lit. A gauche de moi, en entrant, on avait mis une nappe sur la table où papa déposait ses papiers courants, et l'on avait arrangé un autel sur lequel était le Saint-Sacrement. Au delà de cette table se tenait une religieuse qui était notre parente, et quelques amis de la famille, consternés, à qui Julienne expliquait, avec cette voix sifflante que la plupart des femmes ont en parlant tout bas, qu'il y avait eu une crise épouvantable dans la chambre à coucher, et qu'on avait été obligé de transporter « son monsieur » ici, hors de son vrai lit, bouleversé, souillé et trempé par les saignées.

Pauvre Julienne ! sa vieille figure était tout en eau, mais, en racontant, elle mêlait son orgueil avec sa douleur et revenait toujours à ces mots :

— Ça a fait comme un tocsin dans la paroisse et partout. Il y a du monde plein la maison, plein l'escalier, plein la rue : toute la ville est autour de chez nous !

C'était vrai; malgré sa pauvreté qu'il n'était point possible de dissimuler tout à fait, papa avait une grande position, faite de respect. La somme du bien produit par lui avec des ressources matérielles presque nulles était énorme. Il prodiguait son travail avec la passion que d'autres mettent à faire fleurir leur argent ou fructifier leur domaine. De rien il tirait beaucoup. Dès qu'il s'agissait d'être utile, aucun obstacle ne l'arrêtait; il avait ce magnifique courage du juste, sûr de lui-même et sûr de Dieu, qui soigne les pestiférés et touche la main aux taxés d'infamie.

La peste et l'infamie se gagnent, il le savait et il allait. C'est la plus difficile de toutes les vaillances, parce que l'accusation d'infamie même la plus calomnieuse ne laisse de doute que dans l'esprit des honnêtes gens.

L'armée entière des pharisiens condamne avant de savoir, curieuse qu'elle est d'étaler tout d'abord au soleil le vêtement d'austérité qu'elle drape au-devant des regards. Ils ont besoin constamment de *faire leurs preuves*, les innombrables soldats de cette armée. Point de pitié ! nul ménagement ! songe que chaque innocent qu'ils enterrent sous la féroce comédie de leur indignation est pour eux une manière de diplôme.

Et ils ont tant besoin de certificats !

Ce n'est pas qu'ils aient mauvais cœur, au moins, ces terribles juges, ah ! mais pas du tout ! Le jour même où ils battent de verges et couronnent d'épines l'infâme sans défense avant de le crucifier, ils délivreront, si tu veux, Barrabas, ce bon vivant, exempt de préjugés, qui a de libres amis et des opinions « généreuses ». N'est-ce pas là une abondante compensation ?

Va, depuis le temps, la mode n'a pas changé sur le calvaire !

Ne cherche point la figure de Jésus parmi ceux qui condamnent et flagellent.

Pour ne parler que de ce malheureux banqueroutier, M. Sicard, dont l'affaire avait tué papa, selon l'expression de ma mère, c'était un papillon de l'industrie provinciale brûlé à la chandelle. Un instant, il avait fait florès et offusqué notre ville par un luxe très maladroit. Au temps de sa gloire, les platitudes locales avaient brûlé sous lui une si grande quantité d'encens qu'il s'était gonflé jusqu'à en crever. L'histoire est banale. Au bruit de son explosion, la cohue de ses flatteurs agenouillés s'était relevée, pavés en main, et on l'avait lapidé sur place, à la juive.

Papa avait des motifs douloureux et que tu sauras pour le juger plus sévèrement que personne, mais, au cours de l'instruction, il reconnut en lui le pauvre diable qui n'est pas de force à jouer la partie de piquet voleur contre le commun des tricheries marchandes. Au lendemain des révolutions, la horde, gorgée de pillage, fusille volontiers, pour l'exemple, celui qui a le moins habilement pillé. Ainsi en était-il déjà, sauf le fusil, au temps où les *animaux* furent *malades de la peste*. Ainsi en est-il toujours au marché.

Papa eut pitié, et se trouva seul contre tous à l'intérieur comme en dehors du Palais.

Il fit un grand effort; il dépensa beaucoup de jours et beaucoup de nuits... Je ne saurais trop te le dire : là dedans, il n'y avait rien de ce qui anime et soutient un dévouement. Ce triste Sicard n'était pas un honnête homme, s'il n'était pas un scélérat : c'était un faiseur imbécile. Papa ne demandait ni son apothéose, ni même sa complète réhabilitation; il l'adossait au mur bien humblement et se mettait devant lui pour empêcher la fausse colère des faux chevaliers du faux honneur judaïque de l'écraser. Voilà tout.

Si tu savais ce que cela coûte, les choses prises ainsi selon la juste mesure de l'équité et de la vérité! Les choses où l'on se prive des divers brimborions usités dans la mise en scène de nos comédies sociales : la passion, l'entraînement, tout ce qui constitue la force oratoire et la théâtrale puissance !

Ce n'était pas seulement de l'affaire Sicard que mon père mourait, mais bien de la série des mille affaires Sicard qui avaient constitué sa vie.

Il mourait de son labeur modeste héroïquement accompli.

Nous vivons à une époque « pratique » où, sur dix personnes qui se respectent, huit, pour le moins, doivent hausser les épaules en écoutant pareille histoire. Le temps, en effet, vaut de l'argent et papa n'en gagnait pas.

Mais si le temps vaut de l'argent, qu'est-ce que peut bien valoir l'éternité?

La question n'est pas oiseuse. Les dupes comme papa emportent leurs actes avec eux. Or, as-tu jamais ouï dire qu'un homme avisé de ta connaissance, faisant de l'argent avec du temps, ait emporté cinquante centimes de son épargne au delà du cercueil?

On laisse cela à ses enfants, diras-tu?

Pas toujours.

En ce monde, tout ce qui regarde l'argent ressemble assez à une moquerie. Papa ne nous avait rien laissé, et il m'est arrivé de faire l'aumône aux enfants de son plus riche collègue. Ce n'est pas la faute de papa, ni de sa pauvreté, si, trente ans après sa mort, Dieu qui m'avait donné le superflu, voyant que j'en abusais, m'enleva le nécessaire...

Mais où en étions-nous? Avant d'arriver à la confession du père, je veux te dire en deux mots quelle était sa maladie. Il avait été frappé d'une affection cérébrale qui paraissait être à la première heure une méningite, et qui s'était compliquée d'accidents divers, présentant les plus violents caractères. C'était alors le règne de l'école de Broussais. On ne connaissait que la saignée et les dérivatifs. Si c'était une erreur, nous l'avons remplacée par d'autres. La médecine semble n'avoir d'autre rôle que de varier les erreurs. Broussais est mort en priant Dieu de lui pardonner sa médecine. Broussais ! La science et le génie !

Le docteur Olivier était précisément un ami personnel de Broussais et un praticien de premier mérite. Il attaqua la maladie ÉNERGIQUEMENT, comme ils disent (et ces façons de parler extravagantes plaisent aux malades qui n'en peuvent mais); il avait saigné « coup sur coup » quatre fois, dans son ardent désir de sauver; il aurait saigné aussi bien huit fois, sans les syncopes qui survinrent.

Cependant, les « accidents » cessèrent. Il y eut affaissement général, un état qui ressemblait déjà à l'anéantissement. Tu as pu voir que le docteur Olivier ne s'y trompait pas de beaucoup, puisqu'il demandait un miracle au Dieu qu'il ne croyait point. Nous l'entendions, Charles et moi, de la porte auprès de laquelle nous étions toujours. Il s'était jeté au hasard sur mon petit lit, et maudissait son impuissance avec un véritable désespoir. Ah ! le père était bien aimé !...

M. le curé se pencha au-dessus de la couche très basse où papa était étendu et approcha le crucifix de ses lèvres.

Dans le silence profond qui remplit tout à coup la chambre, la voix de maman s'éleva encore, disant avec l'accent de la supplication :

— Mon bon chéri, c'est M. Jamond qui nous aime, et ton Dieu, ton cher Dieu est auprès de ta bouche.

Louise murmura en élevant ses mains jointes :

— Jésus, exaucez-nous !

Le front de la pauvre Anne pendait sur sa poitrine. Celle-là était toute jeune et trop faible contre l'angoisse. Elle avait déjà plusieurs fois perdu le sentiment.

Charles me dit à l'oreille :

— Je fais vœu d'aller à Sainte-Anne d'Auray à pied... et pieds nus depuis la ville. Promets aussi quelque chose.

— Pour qu'il vive? demandai-je.

— Oh ! oui, répondit mon frère, pour qu'il vive ! Mais si ce n'est pas votre volonté, Dieu Seigneur, pour qu'il meure comme il a vécu, en chrétien, confessé saintement, heureux de la divine communion reçue...

— Je ne veux pas demander cela, m'écriai-je, car ces choses n'étaient rien pour moi auprès de la vie : qu'il vive ! qu'il vive seulement ! Et j'irai au bout du monde !

M. le curé m'avait entendu; il fit un signe pour imposer le silence, et il approcha ses lèvres tout contre l'oreille de papa, disant très bas :

— Mon cher ami, mon bien-aimé frère, voici le Sauveur Jésus qui parle à votre âme par ma voix, l'entendez-vous?

Il se tut, toutes les respirations étaient suspendues. Le malade ne bougea ni ne répondit, mais ses lèvres qui étaient convulsivement closes, depuis qu'il avait quitté sa chambre, semblèrent se desserrer, hélas ! si peu ! Derrière Charles et moi, le docteur haletait. Maman disait sans savoir qu'elle parlait :

— Jésus ! Jésus ! ô Jésus ! souverain maître Jésus !
ayez pitié, pitié ! pitié !

Une seconde fois, M. Jamond ordonna le silence
d'un geste, puis ayant approché son oreille il écouta
très attentivement.

— Il a entendu ! s'écria derrière nous le docteur :
voilà que ses yeux écoutent.

— Il a entendu, répéta M. Jamond qui ajouta :
et il a répondu.

Puis il dit encore :

— Éloignez-vous, pour que je puisse recevoir sa
confession.

Maman se laissa tomber à genoux et baisa la terre
dans un de ces transports de joie qui peuvent traver-
ser les plus cruelles douleurs. Mon frère Charles me
serrait contre lui. Le docteur nous poussa une seconde
fois pour passer, car il reprenait ses droits devant cette
lueur d'espoir.

— Essayez de donner la potion, dit-il, nous allons
renouveler les sinapismes.

Mon regard était rivé au visage de papa qui se rani-
mait, en vérité, car ses prunelles étaient moins troubles ;
je crus à deux reprises qu'il me voyait et je baisais le
creux de ma main tout doucement pour lui envoyer
une caresse. Son front, ses joues et sa gorge perdaient
petit à petit cette sinistre couleur de brique qui m'est
restée longtemps dans la mémoire, avec une impression
de pâleur sous le rouge : un hâve marbré de poupre qui
laissait de profondes taches noires autour des paupières.

Notre curé voulut donner lui-même la potion, pendant que le docteur, relevant les couvertures par le
pied, visitait les « chaussons de moutarde » dont

l'odeur, violente et fade à la fois, est encore en moi au moment où je te parle, enveloppant mes souvenirs d'enfant dans une atmosphère que les orages de ma vie entière n'ont pas su balayer. Je respire toujours cette haleine de l'impuissance humaine à travers laquelle passe comme une secourable purification le souffle des choses divines; un encens qui brûle au fond d'un méphitisme.

Et sans plus attendre, M. le curé, après avoir fait signe au docteur de s'abstenir, commença à demi-voix la récitation du *Confiteor*. Il ne fut point possible d'évacuer le cabinet, parce que les gens massés dans la pièce voisine opposaient à ceux qui voulaient sortir une barrière compacte, mais chacun s'écarta du mieux qu'il put, et les plus voisins s'agenouillèrent en tournant le dos. Il est certain que beaucoup attendaient un miracle, et pauvre maman, les deux mains tendues ardemment vers le ciel, avait des rayons autour de ses larmes.

— Prie de tout ton cœur, petit Jean, me dit Charles, ah ! que je voudrais être enfant ! La prière des enfants force Dieu !

— Je prie tant que je peux, répondis-je, mais c'est pour qu'il reste avec nous toujours, toujours, que je prie !

Je m'essuyai les yeux à pleines mains pour mieux voir, car il me semblait que papa embrassait le crucifix.

C'était vrai, et plus d'un l'avait vu.

Julienne traversa la chambre pour prendre maman dans ses bras.

Au bout d'une minute à peu près, M. le curé se redressa et récita la formule de l'absolution. De toute part un murmure allait : « Il s'est confessé, il s'est confessé ! »

— Et ça n'a pas été long, dit Julienne, le vrai chrétien qu'il est ! Et ce ne sera pas la dernière fois, si Dieu écoute tant de prières qui montent pour notre monsieur de partout !

M. le curé jeta un regard vers le docteur Olivier qui restait au pied du lit. Je compris très bien que ce regard voulait dire :

— Y a-t-il assez d'espoir pour retarder l'extrême-onction ?

Le docteur Olivier vint au chevet et prit le pouls de papa qui reposait maintenant bien droit, la tête au milieu de l'oreiller. J'ai dit que la couleur écarlate de son visage s'effaçait peu à peu depuis quelque temps. Nulle trace n'en resta bientôt. Il avait maintenant une figure de marbre avec les yeux fermés et la bouche entr'ouverte; tout cela exprimait le calme de la complète lassitude. Le docteur consulta le pouls avec une extrême attention, l'œil fixé sur sa montre à secondes. J'essayais de lire son impression sur ses traits. Quand il lâcha le bras, il baissa la tête, et M. le curé fit un signe à l'assistant, qui ouvrit aussitôt la boîte contenant l'huile consacrée.

Je vis ma sœur aînée qui soutenait la plus jeune pour l'empêcher de tomber à la renverse, et tout ce flux d'espoir soudain qui m'avait envahi le cœur y laissa un vide profond.

Mais je puis bien dire que j'étais le seul ici pour éprouver ce sentiment de révolte et de découragement. Charles rendait grâces avec une résignation qui me semblait dénaturée. Ma jeune sœur elle-même, dont le corps seul était défaillant, avait comme une joie dans ses larmes. Et maman ! oh ! notre mère admirable qui chérissait si ardemment son humble bonheur !

maman, notre cœur et notre courage ! Elle était là entre
son mari mourant, l'amour de sa jeunesse et de ses
longs jours, le père de ses enfants bien-aimés, et son
Dieu vivant, son Dieu vainqueur, mais couronné de
souffrances et de miséricordes. Elle ne murmurait pas,
non, je l'affirme, et j'affirme qu'elle bénissait à travers
ses sanglots éclairés par un sublime sourire !

Il y a une ivresse dans la foi. Et comment la plus
grande de toutes les forces humaines n'aurait-elle pas
ses transports? la Foi ! La Vertu mère qui contient en
soi l'excellence des deux autres Vertus : l'Espérance
et l'Amour ! Est-il possible de croire sans espérer,
d'espérer sans aimer avec une adoration infinie?

Jésus, mon Dieu ! ô divin Jésus de ma mère ! Jésus
créateur, Seigneur, bienfaiteur et libérateur ! Vous
qui vous montrez dans l'attrait de votre clémence aux
simples et aux faibles, pourquoi ne pas verser un rayon
de votre infinie bonté au sein de ces nobles et belles
intelligences aveuglées qui se détournent de vous?
C'est vous qui les avez faites, ô Dieu ! auteur de toutes
choses, et la guerre insensée qu'elles vous déclarent
est née de ce dangereux don de puissance que vous
mîtes en elles. L'orgueil qui égara l'archange rebelle
les suscite contre vous : Seigneur, je vous demande
pour ces vastes esprits, dont quelques-uns sont en
même temps de si généreux cœurs, un peu, une goutte,
mon Dieu, un atome de cette précieuse foi qui éblouis-
sait les regards de ma mère !
Je sais bien que vous vous montrez à tous, Jésus,
maître clément; aujourd'hui comme aux premiers
jours, vous portez la lumière que le monde ne veut

point voir, et vous sollicitez en vain l'hospitalité dans votre propre maison. Faites davantage, au nom de la Sainte Croix, dressée sur le Calvaire pour le salut de tous les hommes. Ouvrez les portes fermées, emparez-vous avec violence de ceux-là du moins qui vous aiment en croyant vous haïr, puisqu'ils écoutent la voix du malheur, puisqu'au beau milieu des sectaires haineux qui outragent tout jusqu'à l'aumône, ils font l'aumône, et certains d'entre eux à plein cœur !

J'en connais... ô Dieu ! vous savez de qui je parle. Vous m'avez bien fait le prisonnier de vos secourables colères, moi qui étais sans excuse, moi qui vous avais fui, malgré les pieux enseignements de mon berceau, malgré la mémoire de mon père, de ma mère et de mon frère, malgré ce parfum d'encens et de ferveur, de pleurs et de fleurs que ma première communion entretenait dans mon souvenir. Vous m'avez frappé, Jésus, au comble de mon heureuse fortune, quand je me croyais fort contre vous ; votre main, et qu'elle soit ardemment bénie ! a brisé mes espoirs terrestres, humilié mon orgueil, anéanti l'édifice entier que j'avais bâti sur le sable ; j'ai vu mes enfants pauvres et ma famille dispersée ; ma renommée est morte de mon vivant, mes amis ont porté en souriant le deuil de mon honneur... ô Jésus ! Jésus ! douceur infinie, compassion sans bornes, vous m'avez comblé de ce bienfait inestimable : la Foi ! je me suis courbé sans murmure sous le poids de votre main, j'ai baisé la terre aux pieds de votre courroux, je me suis traîné sur mes genoux, j'ai rampé, j'ai crié du plus profond de ma misère acceptée : « Que votre volonté soit faite sur la terre comme au ciel ! »

Et me voilà réfugié dans mon âme où vous êtes,

où vous avez fait ces grandes choses, dans mon âme, votre esclave, qui pleure l'allégresse des consolés. Votre regard s'est abaissé vers ma résignation. Votre miséricorde est sur moi et sur ma maison, parce que nous vivons dans votre crainte. Seigneur, Seigneur, vous avez relevé vos enfants à l'abri des injures de la mort ; les hommes ne peuvent rien contre leur bonheur qui est en vous, ni contre leur gloire, qui consiste à s'annihiler dans votre gloire. Nous vous louons, ô roi de l'éternel amour ! nous vous proclamons, ô Dieu des miraculeuses compassions ! Nous vous adorons, ô trois fois saint, Père de l'immense majesté ! Nous avons la Foi, Saint, Saint, Saint, vous nous avez donné la Foi ! Soyez glorifié au-dessus des Cieux !

Et, prosternés dans notre gratitude, dont nulle parole ne peut mesurer la profondeur, nous tendons vers le Sacrement de votre autel nos mains pleines de ses bienfaits, pour vous rendre grâces d'abord, ô Tout-Puissant, et ensuite pour vous implorer. Ayez pitié, Jésus, de ceux que nous aimons et que nous admirons. Nous étions avec eux hier, qu'ils soient avec nous aujourd'hui. Éclairez leur savante ignorance ; mettez un grain de votre divine folie dans l'orgueil de leur raison, guérissez, dans le repos de votre simplicité, la fatigue de leur génie malade. Jésus vainqueur, entrez en eux, mais, s'il se peut, ne les frappez pas comme vous m'avez frappé, car, sous le coup de votre colère, il est certain que j'ai chancelé au bord du désespoir. Vous le savez, mon Dieu, j'ai vu de tout près l'horreur même de l'abîme.

Et tout le monde n'a pas derrière soi cette main bénie du souvenir qui me retint suspendu à la lèvre du précipice.

Ma conversion fut, comme toute chose ici-bas, l'œuvre clémente de Dieu, mais il avait commencé de la préparer au lit d'agonie de mon père, bien des années avant ma chute, et à l'heure terrible où je demandai grâce dans le suprême effort de ma conscience, il était là, mon père, et ma mère aussi était là ! Et tous mes morts bien-aimés m'entouraient !

VII

L'EXTRÊME-ONCTION ET LE SAINT VIATIQUE

Jean s'arrêta ici pour me dire :

— Voilà minuit qui sonne. Si tu es fatigué, nous reprendrons une autre fois. Je te préviens que je n'abrégerai pas, parce que c'est la première grande heure de ma vie.

— J'écoute, répondis-je, continue.

— Cela t'intéresse-t-il?

— Oui.

— L'écriras-tu?

— Non... pas maintenant.

— C'est bien ainsi que je l'entends, me dit-il en me serrant la main. N'ai-je pas ta promesse? Pour toucher à ces choses, il ne suffit pas d'avoir du talent, ni même d'avoir du respect : il faut avoir la foi.

Et il reprit aussitôt :

— M. Jamond, ayant achevé les prières et fait les génuflexions vers le Saint-Sacrement, prit la première parcelle de coton et la mouilla d'huile consacrée pour commencer les onctions. Dans l'ébranlement douloureux de tout mon être, il y avait une curiosité. Je n'avais jamais assisté à une cérémonie qui me parût aussi solennelle; mais je dois ajouter que, loin de m'apporter une consolation, tous les détails de cette scène étaient pour moi uniformément navrants.

Au fond, je ne connaissais pas beaucoup mieux Dieu que la mort.

On m'apprenait le catéchisme depuis longtemps déjà, et j'en savais la lettre assez bien, mais les explications m'ennuyaient, et le train-train de la vie pieuse m'entourait sans me pénétrer.

Il y a des enfants pieux tout naturellement et qui prient comme des anges; moi je priais pour obtenir ceci ou cela, de même que j'étais sage pour avoir la récompense. Le meilleur de moi était mon ignorance absolue de tout mal; j'avais en outre beaucoup de tendresse pour ceux qui m'aimaient si chèrement. Je crois bien être sûr qu'aucune parcelle de cette tendresse ne s'échappait vers Dieu autrement qu'en paroles.

Quand j'avais grande envie de quelque chose, je la demandais à Dieu avec une ardeur qui était dans la proportion exacte de mon désir. Ai-je assez donné mon cœur à Dieu la veille des parties de campagne pour avoir beau temps ! Mais, s'il faisait de la pluie, je boudais Dieu et la prière; ma rancune était quelquefois très forte; et le mot *résignation* que je comprenais assez bien, à force de le haïr, exprimait pour moi une idée tout à fait ennemie.

A cet égard, le fond de ma théologie se résumait dans cette question :

— A quoi peut servir une prière qui n'est pas exaucée?

Te reconnais-tu? J'ai trouvé en ma vie une imposante majorité de vieux enfants, et ne dirai pas pour

raisonner ainsi, mais pour agir ou s'abstenir en conséquence de ce déraisonnement.

Donc, ici, dans cette chambre d'agonie, en présence
de ces prières redoutables qui impliquaient avant tout
la résignation détestée; qui acceptaient la mort au
lieu de la repousser, qui la préparaient au lieu de la
combattre, je restais hors de l'intention commune,
tout en suivant avec avidité l'œuvre sacramentelle
accomplie par M. le curé. Il me semblait que les autres
abandonnaient papa en ne priant que pour sa mort.

— Je prie pour qu'il vive, moi ! dis-je une seconde
fois à l'oreille de Charles, abîmé dans sa ferveur :
rien que pour qu'il vive ! Ah ! moi, je l'aime !

— Prie comme tu voudras, me répondit mon frère;
Dieu, qui est la bonté même, prendra ce qu'il y a de
bon dans ta prière; mais tais-toi, ceci est un sacrement.

Je le savais, et pourtant le mot me donna à penser,
car je baissai la tête avec plus de respect. J'écoutai,
cherchant à bien saisir le sens de ces formules latines
qui étaient plus que des prières, et qui sacraient
comme un autre baptême l'âme prête à se séparer du
corps pour naître à l'immortelle vie.

Certes, de pareilles expressions ne me venaient point
à l'esprit, mais peut-être sentais-je plus vivement
que je ne l'exprime ici cette notion si fort au-dessus
de mon âge.

M. le curé touchait d'une main les paupières fermées
de papa, et de l'autre tenait son livre où il lisait à
haute voix : « Par cette onction de l'huile sacrée et
Sa Miséricorde très pieuse, que Dieu vous pardonne
tous les péchés que vous avez commis par la vue. »

Pendant que l'assistant, d'abord, puis tout le monde

répondaient « *amen*, » les lèvres du père eurent un mouvement doux et lent qui figurait ce même mot. Ce fut comme si je l'avais entendu.

Je dis *amen* avec les autres. Oh ! que j'avais soif de l'embrasser !

Je pensais : « Jésus, bon Jésus, me voilà bien repentant, et bien soumis, pardonnez-moi : c'est un sacrement... Mais si vous vouliez la moitié de ma vie pour qu'il nous reste ! si vous vouliez toute ma vie !... »

Et quels péchés avaient-ils commis ces yeux qui me souriaient, ce matin encore? Je les avais vus rouges si souvent après les longues veilles, et maman m'avait dit tant de fois :

— Il les fatigue à te gagner du pain !

Et un jour j'avais fait dessein de ne plus manger pour délasser les yeux du père.

— Des péchés, mon Dieu ! me disais-je, il n'a jamais péché ! Maman et lui sont sur la terre ce que vous êtes dans le ciel ! Laissez-le avec nous, je vous prierai le jour, je vous prierai la nuit, et sans cesse. O doux Jésus ! que puis-je vous donner de plus que moi-même !

Avec une seconde parcelle imbibée, M. Jamond toucha successivement les deux oreilles du malade et dit : « Par cette onction de l'huile sacrée et par Sa Miséricorde très pieuse, que Dieu vous pardonne tous les péchés que vous avez commis par l'ouïe... »

Pendant que tout le monde répondait *amen*, le docteur interrogea le pouls encore une fois. Je disais :

— *Amen ! amen !* ô mon Père des cieux, ayez pitié de mon père mortel ! Je vous aime, il faut vous aimer par-dessus toutes choses... mais lui, mon Dieu ! que vous nous aviez donné pour être notre cœur et notre bonheur...

Mon regard rencontra les yeux de maman qui élevait ses deux mains jointes d'où son chapelet ruisselait. Est-ce que jamais parole pourrait dire ce qu'il y avait dans ses larmes ! Je savais, moi, qu'elle invoquait l'agonie du Sauveur, et Charles, le front tout près de terre, murmurait la plainte prophétique de David : « Ils ont percé mes mains et mes pieds, ils ont compté tous mes os... »

O divin martyr ! moi je pensais à mon père d'ici-bas, mon pauvre cher père ! J'essayais ardemment de vous aimer par-dessus toutes choses, grand Dieu, mais mon père !...

Le prêtre avait touché les lèvres fermées et disait, achevant la quatrième onction : « Que Dieu vous pardonne tous les péchés commis par le goût et la parole. »

Ainsi soit-il. Le péché ! encore le péché ! toujours, toujours le péché, par tout ce que votre bonté nous prêta, Créateur, par tous nos sens, par tous nos pores ! La souillure est incessante et il fallait que la purification fût éternelle. Péché par les mains qui firent le Mal et combattirent le Bien, péché par les pieds qui s'éloignèrent du Bien pour courir vers le Mal..

Je ne pensais pas de la sorte, enfant ignorant et révolté que j'étais, je ne voyais que la vie même de papa et ne voulais rien de Dieu, sinon la prolongation de ses jours; je le croyais, du moins, car j'avais peur de moi, et l'idée me venait que j'étais un impie, mais je me trompais, et la bonté divine souriait à l'erreur de mon angoisse. L'onction de vérité pénétrait en moi à mon insu. A travers le pauvre petit blasphème de ma tendresse filiale, le germe de la grande loi silencieusement se glissait.

M. le curé oignit les mains, puis les pieds, appelant le Pardon d'une extrémité à l'autre de ce triste corps, instrument de nos défaillances et cause de nos chutes. Ainsi soit-il ! Ainsi soit-il !

Et M. le curé, après s'être éloigné du lit pour laver ses mains, y revint, et je vis bien que l'entêtement de mes supplications et de mon espérance n'était pas un crime en écoutant l'oraison admirable qu'il récitait avec tout son cœur : « Dieu Seigneur, qui, par la bouche de votre apôtre saint Jacques, avez parlé, disant : « Si quelqu'un parmi vous est malade, qu'il appelle « les prêtres de l'Église et qu'ils prient sur lui, l'oi- « gnant d'huile au nom du Seigneur, et la prière de la « foi sauvera le malade; le Seigneur le soulagera, et « s'il est en état de péché, ses péchés lui seront remis. » Nous vous en prions, Rédempteur, par la grâce de l'Esprit-Saint, guérissez les souffrances de (ici les noms de mon père), accordez-lui pleinement la santé de l'âme et celle du corps, afin que, rétabli et sauvé par votre miséricordieux secours, il puisse vous rendre grâce au pied des autels... »

Pendant que M. Jamond priait ainsi, les paupières fermées de papa s'ouvrirent toutes grandes, et je vis ses chers regards d'autrefois chercher ceux qu'il aimait.

— Vierge ! ô Vierge ! balbutia ma mère.

Je me jetai au cou de Charles qui pleurait à grosses larmes et qui disait, pensant à son vœu :

— A genoux ! j'irai à genoux !

Mais la figure du docteur Olivier était sombre, et quand le regard de mon père croisa le sien, je vis bien qu'il faisait un grand effort pour sourire.

— Voici, dit M. le curé qui avait pris le crucifix entre ses mains pour le présenter au malade, après avoir fléchi le genou, voici l'image de la croix sur laquelle Jésus-Christ Notre-Seigneur a souffert la mort pour nous racheter des peines éternelles : répondez-moi, le croyez-vous?

— Oui, je le crois, dit papa d'une voix faible, mais très distincte.

Et en même temps, il se souleva sans aide pour toucher de ses lèvres les pieds du crucifix.

— Vous unissez, reprit M. Jamond dont l'accent trahissait son émotion profonde, vous unissez vos souffrances à celles du Divin Sauveur?

— Oui, mon père.

— Vous mettez en lui toute votre confiance avec une entière soumission à sa volonté?

— Oui, mon père.

Avec le crucifix, M. Jamond fit le signe de la croix sur le malade et dit : « Au nom du Père et du Fils et du Saint-Esprit. »

La cérémonie était achevée en ce qui concernait l'Extrême-Onction. Il se fit un mouvement dans l'assistance. J'entendais les paroles d'espoir qui allaient et venaient. On fut obligé de faire taire Julienne dont la joie devenait trop bruyante.

Maman s'était rapprochée du chevet : elle souriait dans ses larmes et formait avec mes deux sœurs un groupe que je verrai jusqu'au dernier jour de ma vie. M. le curé fit un instant partie de ce groupe et j'allais m'y glisser, moi aussi, quand Charles me retint. M. Olivier abordait le curé par derrière et lui parlait tout bas.

Un voile tomba sur la figure rassérénée de l'excellent prêtre.

— Qu'y a-t-il? demandai-je, le cœur pris déjà dans un étau.

— Il y a, me répondit Charles dont la voix chevrotait, que le docteur est d'avis qu'il faut se hâter de donner le Saint-Viatique.

— Se hâter! m'écriai-je, mais pourquoi se hâter? On ferait mieux de le laisser respirer; le voilà qui prend meilleure mine à chaque instant.

C'était vrai. En ce moment même il donnait une de ses mains à ma mère, l'autre à ma sœur aînée et j'entendais Julienne qui disait :

— Les mille et les cents de monde qui tiennent toute la rue depuis la rivière jusqu'à la place se seront dérangés pour rien ! Ça n'aura servi qu'à faire voir comme on aime notre monsieur en ville. Pas riche que je suis, j'en brûlerai une belle chandelle, c'est sûr !

M. le curé toucha la main du docteur comme pour le remercier, et, suivi de son servant, il fit un pas vers la table, disposée en autel. Ayant fléchi le genou devant le Saint-Sacrement, il demeura un instant en prières et maman dit :

— Recueillons-nous pour la sainte communion.

Tout le monde aussitôt se prosterna, et M. le curé commença tout de suite à réciter : « Voici mon Sauveur. » Le servant répondit : « Avec confiance j'agirai et ne craindrai point. »

En même temps que lui, mon père prononça le répons, et quand M. Jamond arriva au verset : « Seigneur, exaucez ma prière, » ce fut mon père qu'on entendit le mieux, disant avec une ferveur profonde : « Et que ma voix s'élève jusqu'à vous. »

Maintenant que le père parlait, toutes ces choses m'apparaissaient sous un jour nouveau. Une lumière se faisait dans mon cœur élargi et rehaussé. Le fait de voir ce maître bien-aimé de notre maison prendre avec intrépidité et simplicité un rôle actif dans le drame de ses adieux à la vie m'étonnait, m'attendrissait — et me mûrissait, car mon intelligence d'enfant, étrangère à l'idée de la mort, quoiqu'on m'eût parlé de la mort mille fois, et qui venait de la concevoir tout à coup en un sentiment de haine et d'horreur sans bornes entrevit à cette heure ce qui est au delà et au-dessus de la mort. J'eus conscience de l'âme impérissable autrement que par des paroles, et, confusément, la véritable grandeur de Dieu passa au lointain de ma vue comme un éclair à travers un brouillard.

Me fais-je bien comprendre? Tout ce dont je parle existait en moi, mais à l'état de refrains et de leçons. J'étais plein de formules. Ceux qui vivent, comme c'était mon cas, dans une atmosphère saturée de foi peuvent être blasés sur les mots et rester loin de l'idée. Ils n'ont pas eu besoin de traduire les mots. Leur paresse enfantine se prolonge par l'impossibilité du doute ou de la discussion.

Il y a sommeil souvent dans les jeunes âmes qui vivent de vérité comme d'air respirable, sans choc, sans surprise et sans désirs. Dieu est là tout à l'entour d'elles et toujours, un Dieu qu'on n'a jamais cherché parce qu'il n'a jamais manqué, on l'aime si l'on a reçu le précieux don de piété, mais on l'aime théoriquement, poétiquement par le côté berceur et charmant des tendresses catholiques, on l'aime dans la suavité

des cantiques, dans les fleurs du mois de Marie, dans
le chant que Noël exhale autour de la crèche, — et
dans la splendeur de ces rayons bénis que la procession mène en triomphe autour de la nef, à travers
les éblouissements et les harmonies.

Pour les enfants catholiques, il y a presque deux
Dieux : le petit Jésus souriant dans les bras de sa mère
Immaculée, et ce grand Jésus de la croix qui pleure,
qui souffre, qui plane.

C'est la vérité, c'est Dieu, ceci ou cela, mais ce n'est
pas toute la vérité, et ce n'est pas tout Dieu.

Seigneur, j'avais dix ans quand je vous connus
à l'improviste, ô Maître du sacrifice redoutable et
de l'immense consolation ! J'avais dix ans et, certes,
je vous aimais bien, divin petit enfant rose, sourire
de Marie bien-aimée qu'on chérit toujours la première.

Vous permettez cela, Jésus, vous le voulez. Il vous
plaît que les cœurs, intimidés par le fulgurant éclat
de vos gloires, battent d'abord sous l'aile angélique de
votre mère.

J'avais dix ans, je vivais plein de vous dans une
maison sainte qui vous appartenait, mais je ne savais
pas qui vous étiez, parce qu'on me le disait sans cesse
et que je ne l'écoutais plus à force de l'entendre.

Je vous vis avec un effroi sans nom, mais avec une
confiance inouïe sur votre croix qui touchait les lèvres pâles de mon père. Je me sentis enveloppé de vous
et transpercé et pénétré jusqu'au plus inconnu de mon
âme; et dussé-je n'être pas cru, je le dirai comme cela
fut, la notion si élevée de la naissance dans la mort
surgit en moi avec une netteté suffisante, sinon parfaite, à l'instant même où je vous découvris. Ce lit

d'agonie m'apparut réellement comme un berceau, je cessai de m'obstiner dans ma haine de la mort, et il y eut un moment où je priai avec tous les chrétiens qui étaient là pour le grand, pour le seul objet digne de la prière chrétienne : pour la vie qui naît de la mort.

Je dis un moment, ce ne fut, en effet, qu'un moment. J'avais dix ans et je ne devins pas homme en une minute, mais ce moment où je vis Dieu, le Dieu des hommes, qui présente aux hommes sa croix et le salut de sa croix, eut beau être fugitif, il laissa au dedans de moi une marque indélébile, une blessure, un jalon, le premier de ma route.

La voix de notre curé, fervente et concentrant toute l'émotion de son amitié charitable, poursuivait : « Prions. — Dieu, unique appui de la faiblesse humaine, sur la faiblesse de votre serviteur déployez votre puissante protection, afin que, par votre tendre piété et par votre grâce féconde, il reçoive en provision de voyage le corps de Jésus-Christ, votre fils, qui, étant Dieu, vit et règne avec vous dans l'Unité de l'Esprit-Saint. »

Papa répondit encore et le premier de tous : « Ainsi soit-il. » Je reconnus, parmi les autres, la voix toute changée du docteur qui avait un genou en terre et se cachait derrière maman. M. Jamond se tourna vers le lit.

C'était l'instant de l'exhortation. Les yeux mouillés, la parole tremblante, notre vénérable ami dit simplement : « Mon frère, vous avez été parmi nous l'exemple des vertus chrétiennes et le plus parfait modèle de l'honneur humain, mais qu'est notre honneur aux pieds de Jésus-Christ? et que sont nos vertus devant les perfections du Divin Maître? Mon frère et mon ami, cher cœur en qui j'ai placé ma meilleure amitié sur la terre, mon fils en Notre-Seigneur, mon bien-aimé fils, vous êtes un homme et vous avez péché. Élevez votre repentir jusqu'au cœur de Jésus qui vous voit, qui vous aime et qui va vous aider pour vivre ou pour mourir. Mon frère, vous étiez... j'allais dire que vous étiez l'âme de cette pauvre chère demeure affligée, mais cela n'est point : il n'y a qu'une âme pour toutes les maisons et c'est la grande âme de la miséricordieuse et très auguste Trinité. Si Jésus n'exauce pas nos prières ardentes, si vous êtes séparé de ceux qui vous aiment et que vous aimez, l'âme de votre maison restera dans votre maison, et vivant que vous serez sur les marches du trône céleste, vous verrez vivre parmi vos enfants, dans la conscience de votre sainte femme, votre exemple et votre souvenir. Vous êtes celui dont Dieu a dit par la voix du prophète : « Heureux l'homme qui craint le Seigneur, la postérité des justes sera bénie. » Recueillez-vous, mon cher fils, je vais vous donner la communion. »

Papa dit :

— Mon père et mon ami, je vous remercie. J'implore la miséricorde de Dieu dans le ciel et je demande pardon à tous ceux que j'ai offensés sur la terre.

Et comme maman s'approchait pour lui mettre entre les mains la nappe de la communion, il l'attira, la baisa et lui dit :

— Pardonne-moi pour tous.

M. Jamond avait pris le Saint-Sacrement sur l'autel. Après avoir récité de nouveau le *Confiteor*, il éleva l'hostie de rédemption au-dessus du ciboire et dit : « Voici l'agneau de Dieu, voici celui qui efface les péchés du monde. » Et il répéta par trois fois les paroles du centenier : « Seigneur, je ne suis pas digne que vous entriez sous mon toit, mais dites seulement une parole et mon âme sera guérie. »

Car la beauté des cérémonies de notre Église catholique est de mettre en action perpétuellement la miraculeuse vie de Jésus, et nos prières sont l'histoire de notre Dieu.

Papa s'était mis sur son séant et maman le soutenait par derrière. Il se frappa la poitrine à trois reprises et put maintenir sans secours la nappe étendue au-dessous de sa bouche.

— Il va vraiment mieux, murmura Charles derrière moi qui m'étais involontairement rapproché.

Et j'ai encore dans l'oreille le mot de notre Julienne qui ne pouvait retenir sa langue et chuchotait dans un groupe de voisins :

— De cette fois, ça va *passer en conversation !*

Pauvre bonne femme ! on l'aurait bien étonnée en la taxant d'irrévérence.

Moi aussi, j'étais émerveillé de la bonne mine du père, mais l'idée de mort qui avait eu tant de peine à entrer en moi s'y était assise, et le poids lourd que j'avais sur la poitrine y demeurait inébranlable.

M. Jamond présenta l'hostie, disant : « Recevez, mon frère, le viatique du corps de Notre-Seigneur Jésus-Christ pour qu'il vous garde de l'ennemi et vous conduise à la vie éternelle. »

Et les lèvres du père se refermèrent sur le pain des anges; ses paupières étaient closes à demi, deux

larmes roulaient sur sa joue et tout son visage semblait baigné dans une indicible joie.

« Le Seigneur est ma force », dit M. Jamond repla-
çant le Saint-Sacrement sur l'autel. Et nous répondîmes : « C'est de lui que me vint le salut. »

Avant la dernière oraison et pendant que M. Jamond adorait en silence, la voix du père s'éleva contenue. Il semblait céder au besoin, mais en même
temps il hésitait à introduire ici ce que l'usage de
l'Église n'y plaçait point. Maman lui avait mis de nouveau la tête sur l'oreiller; il tournait vers le ciel ses
regards tout chargés de reconnaissance attendrie, et
le cantique des actions de grâces de la Vierge mère
s'exhala doucement de ses lèvres : « Mon âme glorifie
le Seigneur et mon esprit a tressailli d'allégresse dans
le sein de mon Dieu... »

Maman d'abord, puis mes sœurs, puis nous tous,
nous répétâmes le long cri de bénédiction prophétique
arraché aux entrailles de Marie par le mystère qui vivait dans son sein, et les versets du *Magnificat*, mur-
murés en chœur, passèrent comme un divin souffle sur
nos fronts inclinés.

Le père, qui avait tenu ses mains étendues, les
ramena en croix sur sa poitrine, et M. Jamond, après
avoir récité le dernier *oremus*, fit au-dessus de son
front le signe du chrétien en disant « Que la bénédiction de Dieu tout-puissant, Père, Fils et Saint-Esprit,
descende sur vous et y demeure à jamais. »

VIII

L'AFFAIRE SICARD. — CHARLES. — LE MOT COUPÉ EN DEUX

Tout le clergé de notre paroisse était là, parmi les assistants. Pendant que la foule s'écoulait lentement et en silence, suivant le « bon Dieu » qui se retirait aux mains d'un de nos vicaires, j'entendis le docteur Olivier qui disait tout près de moi :

— *Je donnerais ma main droite pour croire !*

M. Jamond et lui étaient de vieux camarades, et ils disputaient souvent religion chez nous, sans que le feu de leurs controverses pût altérer leur mutuelle amitié. Le bon curé répondit :

— Garde ta main droite, docteur, et coupe ton orgueil !

Puis il le prit à part, et tous deux se mirent à causer à voix basse. Il ne restait déjà plus qu'une demi-douzaine de parents ou amis très intimes, avec maman et mes sœurs autour du lit. Encore se retiraient-ils après quelques bonnes paroles pour ne point fatiguer le malade.

Évidemment l'impression générale était plus que bonne ; maman et mes sœurs la partageaient. Sans aller jusqu'à la conviction de Julienne, qui, haute-

ment et intelligiblement, dans la pièce voisine procla-
mait le miracle accompli, nos amis emportaient un
un espoir. C'était d'un ton presque joyeux qu'ils pro-
mettaient d'envoyer le lendemain matin « prendre de
meilleures nouvelles, » et maman leur serrait la main
à tous en souriant parmi le restant de ses larmes.

Quand il n'y eut plus personne, elle se tourna vers
M. Jamond et le docteur qui causaient toujours.

— Eh bien ! fit-elle, croyant dire une contre-vérité,
vous vous cachez de nous, vous deux?

Le curé se rapprocha tout de suite; mais M. Olivier
prit son chapeau qu'il avait déposé sur mon lit, dans
notre trou à Charles et à moi. Charles rôdait autour de
lui, papa dit :

— Ce Charles est bien le chevalier de la triste figure !

Et tout le monde rit, maman plus haut que les autres.
Charles essaya de rire aussi. Il n'était pas moins aimé
que nous, seulement, j'ai dû te le dire déjà, il avait
trop de dévotion et trop de perfections, même pour une
famille de Dieu comme la nôtre. On se défendait contre
lui. L'homme qui le jugeait le mieux était ce païen
d'Olivier. Mes deux sœurs dirent ensemble.

— Il y a eu un moment où nous n'osions plus le
regarder !

Après quoi, Louise l'embrassa, craignant de l'avoir
blessé.

— Vous vous en allez, Olivier? demanda papa dont
la voix était faible, mais libre. Je ne sais pas si la crise
est finie, mais je ne souffre pas du tout en ce moment.

Le docteur évita de répondre à la question contenue
dans ces derniers mots, et dit assez gaiement :

— J'ai quitté madame la préfète en couches pour

accourir près de vous, je vais aller voir si nous avons un petit préfet.

— C'est bien le moins, reprit papa. Merci de tout cœur, bon ami, et à demain.

Comme le docteur allait passer le seuil, papa dit encore en clignant de l'œil à la ronde :

— Paierez-vous votre gage?
— Quel gage? demanda M. Olivier.
— Vous avez promis d'aller à confesse, si vous me tiriez d'affaire...
— Tu entendais donc? s'écria maman.
— Il a oublié, dit Louise, qui était la favorite du bon docteur, mais M. le curé est témoin.

Le curé garda le silence. Mon cœur se gonfla, je n'aurais pas su dire pourquoi. Il était dans le caractère du docteur, et aussi dans son devoir de passer la porte sans autre discussion, car on l'attendait réellement à la préfecture, d'où l'on était venu le chercher déjà plusieurs fois. Cependant il revint sur ses pas et prit la main de papa qu'il tint pressée longuement entre les siennes; quand il s'en alla enfin, il dit :

— Ce qui est promis est promis.

Il y eut parmi nous tous un sentiment de surprise. Je pense bien que j'étais ici celui de tous qui s'intéressait le moins à la religion, car mon étonnement n'était pas joyeux. Charles, depuis qu'on lui avait reproché sa tristesse, essayait gauchement de se montrer gaillard, ma mère et mes sœurs battaient des mains, et M. le curé souriait d'un air un peu incrédule.

Il faut que tu te mettes bien dans la vérité de la situation; à des degrés différents tout le monde chez nous était rassuré. La terreur passée restait comme une meurtrissure, mais cela ressemblait aux pleurs de maman qui séchaient dans le sourire. Si près de l'extrême-onction donnée et reçue avec tant de solennité, l'idée de la mort prochaine s'était dérobée. Si quelqu'un nous l'eût rendue à cette heure, elle nous aurait écrasés. Papa dit, et je ne sais pas si jamais je l'avais vu plus doucement gai, malgré sa grande fatigue :

— Olivier a du plomb dans l'aile ! Je m'y connais. Pendant qu'il me tenait la main, il ne m'a pas même tâté le pouls ! vous figurez-vous cela? Lui qui a pour moi un attachement si profond et si sincère !... Maintenant qu'il est parti, je vais vous confier mon petit secret, à vous, Jamond, et à tous mes chéris que j'ai pleurés tout à l'heure. Au moment où je croyais mourir et je l'ai cru jusqu'à ressentir l'angoisse même de la séparation, j'ai eu une pensée qui restait claire dans la grande nuit de mon cerveau. J'avais ouï dire qu'au dernier moment, on peut obtenir du cœur de Jésus la conversion d'une âme... et ne dites pas non, curé, bon ami, car feu ma sœur, la mère assistante du Sacré-Cœur, demanda mon âme sur son lit de mort, et elle l'obtint. Et je n'étais pas un simple incrédule comme Olivier, moi ! Vous savez bien que j'ai gardé ma méchanceté caustique, même en étant chrétien. Avant d'être chrétien, je jouais, sottement, il est vrai, mais de mon mieux, le jeu de Voltaire...

— Voyons, vieil ami, dit ici M. Jamond en l'interrompant, vous parlez, vous parlez, comme s'il ne vous manquait pas deux ou trois palettes de sang. Voulez-vous m'en croire, bonne dame? mettez-nous tous à la porte...

— Non ! s'écria mon père, je vous en prie, restez tous, au contraire. J'ai besoin de vous sentir près de moi, de vous voir et de vous parler. C'est si bon de renaître au milieu de ceux qu'on a pleurés !... Où en étais-je? à mon métier de ricaneur voltairien. J'appris la mort de ma sœur un 14 décembre, et je communiai à la Noël. Eh bien, je l'aime tant, ce bêta de noble esprit, ce pauvre diable de grand cœur, notre Olivier, et il y a si long-temps que je l'aime, qu'en mourant, c'était lui que je demandais au cœur de Jésus !

— Ah ! fit maman, et nous? tu ne pensais donc pas à nous !

— Vous autres, vous êtes à Dieu, dit mon père en attirant sa main qu'il appuya contre ses lèvres. Est-ce que tu crois, chérie, que j'étais inquiet sur vous? Non ! Je peux t'apprendre ce que c'est que la mort, puisque j'en ai ressenti les déchirements et les consolations. Ce que mon corps souffrait, je ne saurais le dire. Cela se perdait dans une défaillance de tout l'être, pénétrée et comme avivée par une angoisse pleine d'horreur, qui était la lutte suprême, et, au travers de tout, la grâce de mon divin Maître me soutenait et me soule-vait. J'entendais un chant qui disait : « *Venite, adore-mus...* Aimez ! oh ! adorez le Jésus d'amour et de mi-séricorde ! ayez espérance et confiance ! et certitude ! si vous aimez beaucoup, aimez mille fois davantage !..» Ma femme et mes enfants, vous êtes mon cœur ! mais, puisqu'il me prenait, ce grand Dieu, ce bon Dieu, c'est qu'il adoptait les objets de ma tendresse ! J'étais sûr de cela; c'était un pacte entre sa gloire et mon néant. Oh ! non ! l'heure était passée déjà des prudences et des inquiétudes que nous avons sur la terre. Dieu devait un appui à ma veuve, un père à mes orphelins, et je

m'en allais tranquille, comptant sur la dette de
Dieu... ¡

— On demande M. le curé tout de suite, dit Julienne
à la porte; c'est pressé.

M, Jamond se leva aussitôt.

— Ne vous étonnez donc pas, bon ami, continua
mon père, qui suivait son idée, si Olivier nous a quittés
tout songeur. Dieu le cherche, Dieu le tient, mon doigt
l'a désigné à Dieu.... Eh bien, oui, là, c'est vrai, un
petit instant, j'ai oublié pour lui ma femme et mes
enfants ! Et j'ai senti que Dieu me le donnait !

M. Jamond n'eut garde de le contredire, mais il
croyait savoir mieux que personne pourquoi le docteur
Olivier était songeur. En sortant, il dit à maman qui le
reconduisait :

— Du courage, ma fille; il nous en donne à tous un
bel exemple !

— Oh ! fit-elle, on ne sait pas comme on peut aimer.
C'était moi qui suais son agonie. Et je n'ai pas encore
ma tête, non ! Tenez, j'ai oublié de demander au docteur pour s'il voulait manger. Peut-être que cela lui
ferait du mal...

— J'ai demandé, moi, ma fille. Vous pouvez lui
donner ce qu'il souhaitera.

— Pas beaucoup à la fois?

— Et la potion tous les quarts d'heure.

— C'était cela qu'il vous disait quand vous causiez
tous les deux?

— Oui, c'était cela.

— Et vous avait-il dit s'il avait encore des inquiétudes?

— Oh ! ma fille ! après une crise pareille...

— Sans doute, ah ! sans doute ! Je vivrais cent ans
que je m'en souviendrais ! Mais je m'y connais, moi
aussi, un petit peu. Depuis que le docteur est parti, le
mieux augmente, augmente... Je n'ai pas fait de vœu,
moi, monsieur le curé, mais c'est tout comme : je sais
bien qui j'irai remercier quand tout sera fini...

M. Jamond se sauva, parce que Julienne, revenue à
la porte, lui disait :

— Paraît que c'est pressé, pressé !

Mes deux sœurs avaient pris la place de maman au
chevet, et Charles se tenait debout derrière l'oreiller.
Moi, j'étais à côté de Louise, et papa, qui m'avait
appelé, caressait mes cheveux.

— Ah ! toi petit Jean, me dit-il avec un gros soupir,
tu as encore du temps avant de marcher tout seul !

Et comme maman se rapprochait, tenant à la main
une cuillerée de potion, il ajouta :

— C'est « le sage » qui aurait été le chef de la famille.

On appelait ainsi Charles assez souvent, et ce sobriquet n'était pas exempt tout à fait de moquerie, non
point qu'il impliquât chez ceux qui le donnaient une
contre-vérité ou même un doute, mais bien, au contraire, parce qu'il exprimait l'exacte réalité. Assurément
ce surnom « le sage » n'était pas un écho de cet autre
sobriquet « le cafard, » appliqué à Charles par les
méchantes bêtes grandes et petites de notre lycée,
mais il rendait, autant que cela se pouvait dans un
milieu excellent, le même instinct de réserve, sinon de
défiance.

Charles ne se plaignait jamais. Je me souviens qu'un
jour, après des paroles un peu aiguës, échappées à
Louise, qui était pourtant un grand cœur, mais

qui avait hérité de mon père une tendance à la raillerie,
Charles me dit, et il avait les yeux humides :

— Cela ne les empêche pas de m'aimer...

C'était pour lui, d'ailleurs, qu'il était si *sage*, c'est-à-
dire si sévère. Pour moi son indulgence dépassait souvent celle de ma mère.

— Charles était l'aîné, reprit papa avec plus de gra-
vité, et digne en tout, et capable de guider la famille.

— Personne n'a jamais prétendu le contraire, dit
maman, qui attira en passant la tête de Charles et lui
donna un bon baiser, mais pourquoi parler de cela?

— Qaand on est comme nous prêt à tout, répondit
papa, il faut savoir parler de tout. Je me sens étonnam-
ment bien, c'est vrai, mais j'ai vu de très près une
éventualité à laquelle je suis sujet comme tous les
hommes, et j'étais un peu tourmenté de penser que je
n'avais laissé à personne un pauvre mot de direction.
Il y a bien une certaine lettre, que j'avais commencée,
l'autre soir, mais elle est loin d'être achevée, et, dès
demain, je mettrai par écrit tout ce que j'ai à vous
dire. Ce ne sera pas un riche testament...

— Père, petit père! dit Anne en joignant les
mains.

— Toi, sensitive, repartit papa, tu sauras qu'un
devoir accompli ne fait jamais de mal. On ne meurt
pas plus d'un testament fait que de l'extrême-onction
reçue. Votre maman sera toujours la reine ici, n'est-ce
pas vrai? Tu n'as pas besoin de répondre, va, Charles,
je te connais. Mais te rends-tu bien compte de ceci, c'est
que, dans tel cas donné, tu aurais le devoir et probable-
ment la possibilité de gagner de l'argent tout de suite?

— Oh! non, le pauvre garçon dit maman, je réponds
bien qu'il n'y a pas pensé !

Papa se tourna vers Charles, et Charles répondit à voix basse :

— Si c'est mal d'y avoir pensé, je l'ai fait.

Maman eut comme un choc, mes sœurs baissèrent les yeux, et j'avoue que j'éprouvai une impression très pénible, mais papa tendit la main à Charles, et murmura:

— Mon pauvre garçon, tu es le meilleur de nous tous.

Il se reprit brusquement, car il avait la volonté de ne point s'attendrir :

— Il est certain que ma mort, quand elle viendra, ouvrira pour toi une succession d'espèce particulière. J'ai plusieurs bons amis en position de faire quelque chose auprès du gouvernement. Comme tu seras soutien de famille....

— Écoute, interrompit maman, tu as dit que j'étais la reine, alors, obéis-moi; je t'ordonne de ne pas fatiguer ta pauvre tête à nous torturer à petit feu...

— Sois bonne, interrompit mon père à son tour, j'ai presque fini, et j'aurais déjà fini sans toi. Charles m'a peut-être compris.

— Oui, père, répondit Charles à voix basse, j'ai compris.

Papa fut étonné et dit :

— Voyons, explique-toi.

Charles eut de la peine à parler, mais il répliqua d'un ton qui nous sembla plutôt froid et assurément très réfléchi :

— J'ai compris qu'à cause de vos services et de votre influence, je serais sans doute nommé substitut d'emblée...

— Il a songé à cela ! dit ma mère en un véritable gémissement.

Et mes deux sœurs répétèrent :

— Il a songé à cela !

Et Julienne, qui écoutait sans doute derrière la porte, eut une quinte de toux qui valait une malédiction.

Moi-même j'étais péniblement frappé, mais papa dit :

— Bien, Charles, tu as bien pensé ! Tu as du courage, garçon, beaucoup, du vrai courage, et ta religion est la bonne, parce qu'elle marche sur le respect humain. Tu vaux mieux que je ne valais à ton âge. Les enfants n'osent pas toujours dire les choses qui, selon l'apparence, doivent être mal interprétées. Toi, tu oses tout ce que tu dois.

— Alors, murmura ma mère, nous autres, nous n'avons pas bien agi !

Charles avait l'air tout contrit. Evidemment, il se défiait un peu des éloges de papa, qui avait très souvent des façons de parler ironiques. Papa dit encore :

— Personne n'a mal agi, pas même Julienne, qui ferait mieux d'entrer pour écouter plus commodément, mais il est certain que je m'en irai tranquille quand Dieu le voudra, à cause de ce Charles que vous connaîtrez mieux un jour ou l'autre. Ne vous excusez pas auprès de lui, vous l'étonneriez, et peut-être que vous lui feriez de la peine.

Ceci était un ordre déguisé ; je m'élançai le premier, et je me suspendis au cou de mon frère aîné, sentant confusément qu'il y avait là une grande justice rendue. Charles me repoussa presque, mais, quand ma mère vint à son tour lui prendre la tête à deux mains, pour baaisser son front jusqu'au gros baiser qu'elle lui donna de bon cœur, il eut des larmes plein les yeux. Mes sœurs vinrent à leur tour, et Julienne, qui était entrée sur les dernières paroles de mon père, dit :

— C'est sûr qu'on écoutait, notre monsieur, mais ce n'était pas par curiosité, c'était par attache : il y a vingt-trois ans qu'on est chez vous !

Le baiser de Louise et celui d'Anne retentirent en même temps sur la joue gauche et sur la joue droite de Charles qui les attira toutes deux sur sa poitrine. Je ne crois pas que j'eusse vu encore mon père si franchement ému. Ce fut à Julienne qu'il répondit :

— Il n'y a pas de reproche, ma bonne amie, dit-il, vous êtes entrée jeune fille dans notre ménage de jeunes gens, et voilà que nous sommes devenus vieux ensemble. Sûrement, sûrement, ce n'est pas de la curiosité que vous avez, c'est de l'attache, et vous faites bien : vous aimez ceux qui vous aiment, Julienne.

Elle fit la révérence sans pouvoir parler; son cœur l'étouffait.

Papa reprit en promenant son regard sur nous tous :

— Il en manque deux ici. Notre religieuse aura eu ma visite puisqu'elle me voit en rêve chaque fois que je suis malade. Notre soldat est peut-être en goguette, le maître étourdi... Je voudrais les avoir... nous les aurons en septembre... mais pour vous voir, quand vous n'êtes pas là, je n'ai qu'à regarder votre mère; je vous sens tous ensemble dans son cœur.

Son sourire devint meilleur, mais plus triste.

— Est-ce que ce serait possible, dit-il tout à coup en fermant les yeux, de quitter ce petit monde-là sans avoir l'âme déchirée?

— Ne voudrais-tu point reposer à la fin? demanda maman.

Il fut du temps avant de répondre. Je ne saurais dire ce qu'il y avait de calme et même de bien-être physique dans la mélancolie de ce visage qui nous semblait éclairé en dedans, au travers d'une transparence, et rajeuni, et embelli. Nous pensions tous ce que Julienne dit entre haut et bas en regagnant sa cuisine :

— Le pauvre monsieur avait bon besoin de cette saignée-là !

Quand le père reprit enfin la parole, ce fut pour répondre à la question de maman.

— Non, dit-il, je n'ai pas envie de dormir, et il faut que nous causions raison, un peu, tous ensemble. Je crois bien que Dieu me signe un nouveau bail au milieu de vous, mes enfants, mais pour combien de temps ? Ce qui vient d'arriver est un avertissement, et quand même je devrais avoir de longs jours à vous aimer ici-bas, il est bon que tout le monde soit prêt, celui qui s'en va comme ceux qui restent. Voilà pourquoi je désire mettre les points sur les i. Ce ne sera pas long, et ainsi je vous garderai un instant de plus serrés autour de moi. Charles le sage a deviné le vrai de la situation. Comment? je n'en sais rien, car il n'a pas eu beaucoup d'occasions de faire connaissance avec le monde. Peut-être y a-t-il en lui l'étoffe d'un jugeur de situations, tant mieux pour nous, car c'est là tout le secret de la réussite en ce monde, et Charles ne nous abandonnera jamais, quand même il monterait très haut. Je n'ai pas été bien traité de mon vivant; ceux qui auraient pu me traiter mieux ont conscience de cela; si je disparaissais tout d'un coup, il y aurait derrière moi un mouvement de tardive justice, c'est cer-

tain, parce que les trois quarts et demi des hommes
sont portés à faire de la sensibilité sur les tombes. On
aime celui qui dort, d'autant mieux qu'on ne le craint
plus. Dans le cas dont je parle, Charles aurait une
place du jour au lendemain; d'un autre côté, la pension de ma femme serait lestement réglée, on donne-
rait une bourse à petit Jean, et même le trousseau...
Voyons ! je ne veux pas de pleurs : nous faisons nos
affaires d'avance, longtemps d'avance, et tout cela
est pour en arriver à dire à notre Charles qu'il possède deux qualités très voisines de deux défauts :
la sagesse qui fait sa gloire, et l'économie qui lui a valu
beaucoup de lardons, même chez nous. Sage, tu as
bien vu que je ne te jugeais point mal, n'est-ce pas?
S'il faut te dire toute ma pensée, je compte sur toi
comme sur moi-même, et peut-être davantage. Ac-
cepte donc ma leçon, mon fils, toi qui es la sécurité
de ton père. La sagesse n'est sagesse qu'à la condition
d'être large, tempérée par l'indulgence, éclairée par
le discernement. Ces choses sont la sagesse même,
mais nous savons très bien dans quel sens nous em-
ployons le mot *sagesse* entre nous, quand il s'agit de
toi. Nous n'avons pas toujours été avec toi comme tu
le méritais. Sois indulgent quand tu seras le maître,
et mets de côté l'économie toutes les fois qu'il s'agira
de ta mère et de tes sœurs.

Charles écoutait les yeux baissés au milieu de nous
tous qui fondions en larmes, car la tournure prise
par l'entretien nous ramenait aux impressions les
plus douloureuses de la soirée. Papa, lui, n'était pas
triste, et même, dans la petite allocution qu'il venait
d'adresser à Charles, il avait mis çà et là un peu de mo-

querie parmi beaucoup de vraie tendresse. Charles
était le seul chez nous qui n'eût pas cette pointe de
moquerie dans l'esprit, Il tenait plutôt de ma mère :
une rieuse à la bonne franquette.

— C'est fini, reprit papa avec un brusque élan de
gaieté qui fit sourire tous nos yeux mouillés, maître
Charles en sait aussi long que moi maintenant, et
désormais, le premier ou la première qui pleurera,
donnera un gage. Tel que vous me voyez, je suis capable de prendre une pleine journée de congé demain !

— Une journée ! répétèrent d'une seule voix ma
mère et mes deux sœurs.

Et maman ajouta :

— Si tu crois que nous te laisserons travailler d'ici
quinze jours !

La figure de papa peignit l'effroi.

— Charles ! s'écria-t-il, je te confère décidément la ré-
gence, parce que je te sais capable de m'obéir comme
un esclave. Tu m'aideras à mettre toutes ces femmes
insurgées à la raison... Mes pauvres enfants, nous ne
sommes pas assez joyeux ! Voici Anne qui a l'air d'une
petite déterrée, et petit Jean tremble encore de tous
ses membres, et Louise a sa figure des grandes circonstances, et ma femme ne rit que d'un œil. Quelle
heure avons-nous ?

La pendule du salon sonnait justement, on écouta,
c'était onze heures.

— N'oubliez pas de remonter ma montre, dit le
père. Onze heures seulement ! Ce qu'il peut se passer
de choses en rien de temps ! Était-il six heures quand
je suis tombé...?

— Mais tu n'es pas tombé ! rectifia maman avec
vivacité.

— Bon ! fit papa, allez-vous avoir peur de me faire peur, et prendre des gants avec moi comme avec le pauvre oncle Michel quand il eut son coup de sang? Si vous voulez, nous irons nous coucher au coup de la demie.

— Tous ces pauvres enfants-là sont bien fatigués ! dit maman qui prenait ce détour pour ne point mettre en avant la lassitude du père lui-même.

— Moi, fit-il, je causerais comme cela jusqu'à demain. Vous vous en irez quand vous voudrez, mes chéris, mais serrez-vous que je vous ai tous contre moi... et mets-toi devant moi, Charles, je ne t'avais jamais si bien vu que ce soir.

— Décidément, dit Louise, le sage est à la mode !

— Quelle peste tu ferais, toi, murmura mon père, si tu n'avais pas ton cœur !... Mais la drôle de maison que nous sommes ! Personne ne m'a encore demandé comment « cela m'avait pris. » Vous n'êtes pas curieux, au moins !

— Toi, tu es méchant, dit ma mère en lui présentant sa potion. Je ne suis pas médecin, mais je suis sûre que tu as déjà trop parlé.

Il repoussa la potion et dit :

— Embrasse-moi, c'est vrai, je ne vaux rien... Mais voici bien autre chose : au lieu de ta médecine, j'aimerais mieux souper.

Mes deux sœurs s'envolèrent aussitôt, et on les entendit remuer la vaisselle dans la salle à manger, seulement, elles revinrent les mains vides en disant :

— Qu'est-ce qu'il faut apporter à papa?

— C'était ce qu'il fallait savoir avant de partir, répondit maman.

Et tout le monde de rire parce que le père en donnait

le signal. Julienne fit ici sa seconde apparition solennelle avec un plateau qui supportait une tasse de
bouillon bien chaud, un blanc de poulet et des confitures. Elle triompha modestement de mes sœurs et
leur permit de servir elles-mêmes le cher malade.

Quand je pense à cette heure si calme et si heureuse,
prise entre les récentes terreurs de la soirée, et le
deuil profond qui allait venir, je redeviens enfant pour
ressentir avec une vivacité d'impression que rien n'a
pu émousser la série de nos craintes, de nos espoirs, de
nos joies inquiètes et de nos sécurités à travers lesquelles des menaces passaient.

— Le docteur a-t-il permis? demanda papa qui
jetait sur le plateau un regard gourmand.

— Tu penses bien, repartit maman, qu'on t'aurait
refusé tout net si le docteur n'avait pas permis.

— Et qu'a-t-il permis?

— Tout ce que tu voudras.

Il y eut dans le regard de mon père un peu d'étonnement.

— Ah! fit-il, ce bon Olivier! il sait que je suis un
avale-midi.

Et refusant le potage ainsi que la viande froide,
il se fit préparer par Louise une mince tartine de pain
beurré avec une couche de confitures, selon la mode de
notre pays. Il mangea avec plaisir, j'allais dire avec
sensualité, et quand sa tartine fut finie, il en demanda
une seconde. Puis, ayant bu un doigt de vin pur, il
dit :

— Quand on est malade, le vin ne semble pas bon;
or, le vin me semble très bon, donc, je ne suis pas malade. Sage, qu'as-tu à reprendre dans ce syllogisme?

— Alors, tu te sens tout à fait bien? demanda maman.

— Tout à fait, sauf un vide que j'ai là (il montrait son crâne); c'est sans doute tout mon sang qui s'était logé dans ma tête et que le bon docteur a fait dégringoler. Je ne m'en plains pas, puisque c'était justement ma maladie... Mais est-ce assez singulier ce qui se passe dans notre pauvre mécanique ! J'étais supérieurement portant, je travaillais comme un tigre, et j'avais le cœur bien aise parce que je commençais à toucher le joint, — le vrai joint, — pour démontrer clair comme le jour à ces Messieurs qu'il n'y a pas lieu à suivre, dans l'affaire de ce malheureux Sicard... Et à ce propos, maître Charles, fais bien attention à ceci pour le cas où besoin serait : tout ce qui regarde cette affaire Sicard se trouve dans le deuxième carton à gauche, excepté la page que j'étais en train d'écrire quand « cela m'a pris. » Il y a dans ce carton une note détaillée des pièces, la lettre dont j'ai parlé, qui n'est que pour vous, plus un résumé. En cas d'empêchement de ma part, il faudrait aller, au plus tard mercredi, chez le président, avec les pièces que j'ai paraphées en rouge, et lui lire le résumé toi-même, en ajoutant que j'exige de sa bonne amitié une heure de sérieuse attention pour compulser les pièces paraphées; il y en a six, mais elles ne sont pas longues. Ce sera fait, pas vrai?

— Ce sera fait, père.

— Dire que ce Sicard lui trotte toujours dans l'esprit ! murmura maman qui ajouta : Mais dis-nous donc ce que tu as eu?

— Eh bien ! répondit papa, c'est quand le jour a baissé. J'aurais voulu vous avoir, et j'ai été sur le point d'appeler...

— Pourquoi?

— Pour causer. Je me sentais envie de rire et de faire sauter mon petit Jean. Et puis, j'ai été triste tout à coup; j'ai songé aux choses qui me font de la peine : j'en ai pas mal dont je me tourmente, comme si la Providence n'était pas là ! J'écrivais toujours pourtant, et c'était bien, ce que j'écrivais. A un moment, il m'a semblé que la fenêtre que j'avais à ma gauche devenait rouge. J'ai tourné la tête pour la voir en face, et la fenêtre était blanche comme à l'ordinaire, mais dès que je remettais mes yeux sur mon papier, je voyais la fenêtre rouge par côté. En même temps, il y avait des ondes sur mon papier qui remuait. L'endroit où mes yeux se fixaient était noir, bordé de couleur orange, et tout autour, il y avait ces ondes, les unes très brillantes, les autres ternes comme de la cendre. Elles allaient, se mangeant les unes les autres, et les noirs changeaient de place quand mon regard marchait. J'ai été très longtemps avant de m'effrayer. Au commencement j'examinais cela comme une chose curieuse pour vous le raconter. J'ai eu une fatigue à la nuque, puis une douleur, pas très forte, mais ma tête était pesante, et quand j'y ai porté mes mains, j'ai senti qu'elles étaient glacées et que mon front brûlait. J'éprouve cela souvent. J'ai repris ma plume sans m'en occuper autrement, et j'ai voulu achever un mot que j'avais laissé écrit à moitié. C'est là que j'ai eu vraiment peur, mais peur ! Je ne reconnaissais pas cette moitié de mot qui était pour moi de l'hébreu. A l'heure qu'il est, je ne sais pas encore ce que c'était ce mot...

Il sembla chercher, puis il ajouta :

— Non, je ne sais pas !

Maman fit le tour du lit pour aller vers le bureau. Je pense qu'elle voulait voir le mot.

La voix du père s'altéra, car il avait cette même idée.

— Non, non ! dit-il, ne retourne pas la feuille, c'est moi qui l'ai mise à l'envers pour ne plus voir ce mot au milieu duquel j'ai perdu la faculté de penser. Il me semble que si je le voyais je retomberais....

Il eut un grand frisson et ses yeux exprimèrent un effroi d'enfant.

Maman ne toucha pas à la feuille retournée et revint à sa place.

Moi, j'aurais voulu voir ce mot que je me figurais terrible.

Papa reprit :

— Si je n'avais pas tourné la feuille, je serais mort sur ce mot... et je le voyais encore à travers le papier. J'ai voulu me lever. La table allait se balançant comme un navire. Ce qui a suivi, je n'en sais rien, jusqu'au moment où j'ai vu mon sang tout autour de moi dans mon lit, et Olivier avec la lancette et ses manches retroussées. Je suis content de vous avoir dit cela, nous n'en parlerons plus jamais !... jamais !

Ses paupières fatiguées battirent, et maman nous fit signe de ne point bouger, mais il ne s'endormit pas encore de cette fois. Il rouvrit les yeux à demi pour regarder mes sœurs d'abord, puis moi qui recommençais à trembler sans savoir pourquoi, car il n'avait point mauvais visage.

— Je suis bien, dit-il, j'aurai une bonne nuit. Si

seulement petit Jean avait une quinzaine d'années !
Mais c'est certain, ils sont trois qui auraient encore
besoin de moi.

— Oh ! s'écria maman, nous avons tous besoin de toi !

Anne et Louise s'étaient emparées de ses mains;
il les attira et prononça de nouveau mon nom.

— Vous trois ! dit-il : avant de m'endormir, il
faut que je vide mon sac pour n'y plus revenir. C'est
surtout contre vous trois que j'ai péché. Je ne plai-
sante pas, allez ! le bon Jamond m'a grondé quand
j'étais si bas, il m'a grondé au moment même où il
allait me donner l'absolution... Je sais bien que je
n'étais plus moi-même et que Dieu nous juge selon
l'état où nous sommes; mais écoutez, il y a eu un
instant où j'ai été mauvais père, mauvais mari, mauvais homme et mauvais chrétien. Le travail qui a été
ma vie et comme l'air que j'ai respiré depuis plus de
trente ans, m'a fait horreur tout à coup. Je me suis
senti terrassé par une lassitude, par un dégoût, par
un découragement, et ce n'est pas encore assez dire.
J'ai demandé grâce comme un lâche et comme un
paresseux. J'ai dit : « Je n'en puis plus ! c'est assez !
c'est assez ! je renonce ! » J'ai dit encore : « Mon Dieu,
vous avez coupé en deux le dernier mot de ma dernière phrase pour qu'elle ne soit jamais achevée. Que
ce soit donc la fin ! J'ai trébuché sous ma croix, ne me
relevez pas, je le demande à votre divine pitié. Ren-
dez-les bien heureux, faites-les tranquilles, ceux que
je vous laisse après moi. Ne me guérissez pas, mon
Dieu ! je suis harassé jusqu'à l'épuisement, et je vous
demande mon repos après ma journée remplie ! »

— Il y eut un silence où j'entendais mon cœur
battre. Charles pleurait.

— Je voyais bien, murmura enfin ma mère d'un accent navré, comme le travail te faisait du mal ! Il y a du temps que je hais cette table où tu t'assois à la torture !

— Mais non ! s'écria papa, c'est tout bonnement une minute de déraison. Est-ce que j'avais la tête à moi ? Ce n'est pas vrai : j'aime ma tâche... et quand même je la détesterais, je vous aime tant ! Et c'est un si grand bonheur pour moi de travailler pour vous ! Que ceux qui me pardonnent lèvent la main...

Nous nous jetâmes sur lui tous à la fois, et Julienne était encore là quelque part, car nous l'entendîmes sangloter.

— Mon pauvre homme ! mon pauvre homme ! balbutiait maman sans savoir ce qu'elle disait.

— Allons ! allons ! reprit papa, vous voyez bien que le bon Dieu n'a pas exaucé ma mauvaise prière. Maintenant que vous m'avez pardonné, je vais dormir. Que tout le monde en fasse autant, je n'ai besoin de rien ni de personne. Bonsoir, mes chéris, et bonne nuit !

Il posa sa tête souriante sur l'oreiller, et je crois bien qu'il dormait déjà en prononçant sa dernière parole.

Nous voulions tous le veiller, et maman fut obligée d'user d'autorité pour nous renvoyer dans nos chambres ; il fallut la crainte d'éveiller notre cher malade pour réduire mes sœurs à l'obéissance. Nous nous retirâmes enfin à contre-cœur ; maman resta seule dans la grande bergère qu'on roula tout contre le chevet. Julienne aussi eut ordre exprès d'aller se reposer.

Charles se mit au lit après que nous eûmes fait ensemble et tout bas une courte prière. J'avais laissé

exprès la porte entre-bâillée et, avant de me coucher,
je pus voir maman qui avait repris le crucifix et qui
le tenait entre ses bras en récitant son chapelet.

— Donne ton cœur à Dieu, petit Jean, me dit
Charles, et dors tranquille. Tant que tu vivras tu te
souviendras de cette nuit. Nous sommes les enfants
d'un saint.

Il pouvait être onze heures et demie; je ne sais
pas si Charles s'endormit tout de suite, mais moi, je
n'entendis pas sonner minuit.

IX

LE SOURIRE DE PAPA

Le souhait de Charles ne devait pas être accompli; j'avais été remué trop violemment : après un sommeil très court, je m'éveillai en sursaut, rêvant que papa m'appelait à son aide.

Il n'en était rien. Un calme profond régnait dans le le cabinet où ma mère continuait de veiller et de prier. Je me rendormis après avoir été jusqu'à la porte donner un coup d'œil au repos de mon père, qui me parut doux et profond.

Dès que j'eus perdu connaissance de nouveau, je rêvai encore que papa m'appelait à son aide. Il était tout écarlate comme je l'avais vu ce soir : sa poitrine, sa face et son crâne avaient une couleur de feu. Il luttait contre le docteur Olivier qui essayait de le guérir, et lui ne voulait pas être guéri. Il se plaignait avec une toute faible voix d'enfant et disait :

— Moi qui t'aime tant, Olivier, pourquoi veux-tu que je travaille encore quand je ne peux plus ? N'ai-je pas assez travaillé dans ce fauteuil et devant ce bureau ? Ce n'est pas moi qui ai coupé le mot, moi, je voulais bien l'achever, mon dernier mot, c'est la mort qui s'est glissée entre lui et moi...

Et de son doigt crispé il montrait une feuille de papier où était un mot que ni lui, ni le docteur, ni moi ne pouvions lire, mais qui était terrible, malgré cela.

Et l'effort que je faisais pour déchiffrer ce mot, qui n'était pas un mot, mais je ne sais quoi, une veine ouverte, une brûlure à vif, une chair sanglante et ruisselante, me baignait de sueur froide. Papa disait doucement :

— Jamais on ne vit mot semblable ; Olivier, son commencement est sur la terre, et sa fin dans le ciel. Je t'en prie, je suis le chien couché aux pieds de son maître, aie pitié de moi, ne me guéris pas !

Et comme un chien en effet, je le voyais couché sous le grand Christ de notre paroisse. Il avait la tête au ras de terre il haletait, il soufflait, et sa langue pendait comme celle de chiens rendus de fatigue. Une compassion poignante m'étreignait le cœur : c'était l'agonie d'un chien que je voyais et c'était le martyre de mon père.

Tu écriras cela si tu peux l'écrire, et tu ajouteras que j'avais dix ans quand je vis en rêve cette image effrayante de la condition de l'homme ici-bas.

Et tu diras que ce chien à la langue pendante, ce vaincu des amertumes de la vie, ce pauvre juste, mon père, ne perdait courage que dans le mensonge de son délire ou dans le mensonge de mon rêve à moi.

Dans la réalité il mourait à la peine avec la gaieté des héros et des saints.

Et c'est bien vrai, pourtant, qu'il soufflait, la langue dans la poussière, sous le pied de Dieu supplicié, mais il ne songeait pas, vaillant soldat qu'il était, à raccourcir d'une minute l'heure de sa faction si dure ; il aimait ardemment son poste de souffrance ; il s'oubliait en

nous qui vivions de sa moelle, et quand il avait élevé
pour nous jusqu'aux plaies de Jésus les tendresses de
sa prière, il disait, — pour lui :

— Seigneur, je ne veux rien, sinon que votre volonté
soit faite !

Rien n'est si grand sur la terre que le travail ingrat.
Rien n'est si beau qu'une haute intelligence s'usant
avec résignation, sans protester ni murmurer, au douloureux frottement d'un labeur incessant et obscur.
Que Dieu répande ses miséricordes sur les vainqueurs,
récompensées par la fortune ou par la gloire; prions
pour eux, mais implorons les prières de ces nobles
vaincus dont le combat fut silencieux, la tâche inconnue, le dévouement puni. Ceux-là sont les chiens
du Maître, humiliés comme le Maître; leur langue pend,
leurs flancs battent des fatigues et de la misère du
Maître; ils ont léché la honte du Maître; ils seront avec
le Maître dans la majesté de sa gloire éternelle.

Moi, cependant, je m'efforçais de voir au fond de ce
rêve où tout devenait confus, et je subissais une angoisse qui allait sans cesse croissant. Il me semblait
que maman essayait de retourner la feuille commencée,
la feuille où était le mot coupé, et que le mot coupé se
roulait dessous et se tordait comme un serpent.

Je m'éveillai par l'effort désespéré que je faisais
pour crier, et un instant je restai tout coi d'horreur.
La respiration de mon frère arrivait à mon oreille,
égale et tranquille.

Un bruit venait du cabinet; je sautai hors de mon
lit et je courus vers la porte.

La lumière avait changé de place.

Tout à l'heure la lampe était sur un guéridon auprès

de maman qui disait son chapelet dans la grande bergère. Maintenant, il n'y avait plus rien sur le guéridon, sauf la potion et la cuiller. Maman s'était endormie, à ce qu'il me parut; elle avait gardé ses mains jointes, mais le crucifix avait glissé jusque sur ses genoux.

J'ai dit : « à ce qu'il me parut, » parce que maman était dans le noir, et à ce premier instant je ne devinais même pas d'où venait le restant de lueur qui continuait d'éclairer le cabinet, comme si la lampe à demi éteinte eût été cachée derrière un écran.

J'étais encore sous l'impression de mon rêve, et il y avait beaucoup de trouble dans mon esprit; aussi commençai-je par douter du témoignage de mes yeux, quand mon regard passant de la bergère au lit le trouva vide et tout bouleversé.

Évidemment, je devais me tromper, on est le jouet d'illusions si singulières, la nuit, quand de certaines clartés mystérieuses rendent à peine les ténèbres visibles.

Mais, d'autre part, tout petit que j'étais, je n'ignorais point que ces maladies inflammatoires du cerveau peuvent amener des catastrophes funestes: nous avions une tante qui s'était précipitée par la fenêtre dans un accès de fièvre chaude. Je regardai bien vite du côté de la croisée, elle était fermée. Cela ne me rassura point parce qu'un second regard jeté sur le lit me convainquit bien réellement que mon père n'y était plus.

Maman soupira dans son sommeil. C'est certain qu'elle dormait. Pauvre maman ! Elle avait veillé sept nuits de suite sans fermer l'œil pendant la grande maladie de mon frère François, le soldat, mais j'ai dû te dire qu'elle sortait d'une crise, et le docteur se servait de morphine pour engourdir ses douleurs.

Julienne ronflait de l'autre côté de la porte ouverte qui communiquait avec la chambre voisine; elle avait apporté son matelas tout près de «son monsieur.» A la rigueur, le père avait pu s'enfuir et passer auprès de Julienne sans l'éveiller. Mes sœurs qui couchaient au delà du salon n'auraient pu ni le voir ni l'entendre.

Tout cela montait, montait dans ma tête, et j'allais donner l'alarme quand mes yeux furent frappés par l'objet même qui me cachait les rayons de la lampe : l'écran.

La lampe achevait de brûler à gauche de moi, sur le bureau même, à la place où papa travaillait d'ordinaire elle dessinait un nimbe faiblement lumineux autour d'un objet de volume considérable qui formait écran et qui occupait le lieu où nous avions coutume de voir le fauteuil de cuir. Cet objet, du reste, n'avait pour moi aucune forme précise, et comme il était plutôt blanc, je le pris pour un paquet, fait de linge et de literie.

Seulement, je m'étonnais, car il n'était point là lorsque maman avait commencé sa veillée, une ou deux heures auparavant.

—J'aurai beau chercher, dit en ce moment et tout près de moi la voix de papa qui me fit sauter, jamais je ne trouverai : ce n'était pas un mot; c'était le contraire d'un mot : un mot est le signe d'une pensée et ceci représente le travail de ma main qui continuait d'agir quand ma pensée n'était plus...

Il parlait bas et avec calme. En même temps, l'objet, — l'écran remua, et je vis que l'objet était mon père lui-même qui, en quittant sa couche, s'était entortillé dans sa couverture.

Pourquoi il s'était levé, tu supposes bien que je

ne me le demandais pas : je le savais. Il avait profité du sommeil de maman pour se glisser hors de ses draps, gagner son fauteuil et retourner la page.

La page où était le mot !

Et il était là peut-être depuis longtemps, la tête entre ses mains, les yeux rivés à ces syllabes énigmatiques dont la réunion proposait à son esprit un problème insoluble. Je ne voyais pas ses yeux, mais je les devinais brûler. A vrai dire, je n'apercevais rien de lui, puisqu'il me tournait le dos et ne me présentait qu'une masse informe empaquetée dans les couvertures ; mais, pour moi, il y avait dans cette masse une physionomie trahissant l'immense désir de pénétrer le mystère.

Et je comprenais d'autant mieux ce désir, qu'il était en moi : le même désir, mêlé à d'enfantines terreurs. Je me figurais ce mot comme un abîme ou comme un éblouissement. Se perdait-il dans la nuit ou lançait-il des éclairs? Il y a dans l'Écriture des mots insondables et des mots qui foudroient.

Écoute ! j'avais un grand et pieux respect de mon père, puisque, dans l'envie effrénée qui me tenait, je ne me glissai point derrière lui pour regarder le papier par-dessus son épaule. J'étais si sûr que j'aurais pu lire, moi, déchiffrer, deviner, savoir...

Il parla encore, disant :

— Tant que cela existera, cela me tentera. Toujours, et toujours j'accepterai le défi de cette monstrueuse charade qui n'a que son *premier*, deux lettres de son *second* et dont l'*entier* s'enfuit au delà des bornes de la vie. Évidemment, c'est venu tout seul ; cela n'a aucun rapport avec les phrases qui précèdent tracées

et pensées par moi. Ce n'était déjà plus moi qui
écrivais. Qui était-ce?... En ajoutant quelques lettres
à celles qui sont là, on arriverait à former le cri de
ce découragement horrible qui est entré en moi,
sans être de moi, quand je n'étais plus moi... Gloire
soit au Père, Gloire soit au Fils, Gloire soit au Saint-
Esprit; retire-toi, ange malheureux et méchant!
Voici de nouveau mes mains glacées et ma tête en
feu parce que j'ai conversé avec toi, même pour repousser la tentation de ton énigme. Ennemi! retire-
toi!

Il déchira la feuille en deux, puis en quatre, puis
en un nombre infini de petits fragments. Et il voulut
se lever, mais il ne put.

Ses deux mains qui tremblaient se portèrent à
son front et il murmura :

— J'ai beau le détruire, je le vois encore... Seigneur,
vous savez bien que je veux vivre. Je n'ai pas écrit
cela, moi, je le jure! Ils m'aiment tant! Et ils sont
trois, au moins, qui ont besoin de moi! Du fond de
mon cœur, Jésus, je vous le demande : laissez-moi
tout mon fardeau de la vie! Ce n'est pas moi, ce n'est
pas moi qui vous implorais pour mourir!

Alors l'idée me vint que Dieu allait peut-être le
récompenser par la mort, mais l'instant d'après, il
parvint à se lever sans beaucoup d'efforts; il se retourna et, m'apercevant immobile derrière lui, il
ne témoigna aucune surprise.

— Puisque te voilà, petit Jean, me dit-il, aide-
moi à refaire mon lit et n'éveille personne.

Il n'avait pas mauvais visage. Nous nous mîmes
à recouvrir son cadre, et cela fut vite achevé. Il se
coucha sans secours et poussa un soupir de bien-être,

comme quelqu'un qui a fait une longue route et qui s'assied au bout du chemin. J'éprouvais pour un peu et comme par contagion ce sentiment de soulagement. Mon émotion était solennelle, quoique assez vague.

Je ne comprenais pas tout, mais il y avait des choses que je comprenais mieux peut-être qu'un homme fait. Il est manifeste pour moi que j'étais plus près alors qu'aujourd'hui de pénétrer le mystère de ce mot mutilé, qu'il fût prière, menace ou oracle.

Aujourd'hui, je ne sais même plus s'il y avait mystère, puisque le sort commun des hommes est d'avoir la parole coupée à l'heure glorieuse ou funeste où leur temps se noie dans l'Éternité.

— Petit Jean, me dit mon père, qui avait les yeux fermés à demi comme pour savourer mieux quelque joie intime, tu n'es pas encore fatigué, toi. La vieillesse c'est la fatigue. Il y a du bon dans la fatigue qui est la soif du repos... Ah! j'ai aimé mon travail, et je l'aimerai encore si Dieu le veut! Ceux qui sont riches ne connaissent pas ce bonheur sans pareil de dépenser sa vie, de l'épuiser goutte à goutte comme ta mère faisait avec toi, quand tu étais petit enfant et qu'elle te donnait sa propre substance à boire et à manger. Les pauvres sont riches au dedans d'eux-mêmes, et les riches sont pauvres... Es-tu bien avancé dans ton catéchisme?

— Je le sais tout, répondis-je, non sans orgueil.

— Dis-moi ce que c'est que Dieu.

— Dieu est un pur esprit, éternel, immuable, infini, parfait...

— Oui, fit-il en m'interrompant, c'est bien vrai, tu as raison; Dieu est le pur esprit d'amour, l'amour sauveur... Prends le crucifix sur les genoux de ta mère, mon petit Jean, et donne-le-moi. J'ai besoin de mon Dieu pour reposer bien et longtemps.

Il prit le crucifix que je lui tendais et en pressa les pieds contre sa bouche.

— Quand tu fermes les yeux, dit-il, dans ce baiser : habitue-toi à voir le vif des miséricordieuses blessures, et souviens-toi que c'est Lui, Lui surtout qui se donne en nourriture et en breuvage à ses enfants : sein généreux ! source prodigue ! Comment aimes-tu Dieu, petit Jean?

— De tout mon cœur et par-dessus toutes choses, répliquai-je, toujours avec mon catéchisme.

Son regard était une chère et bonne caresse, et il prononça tout bas :

— C'est assez, puisqu'on ne peut rien de plus. Qui aimes-tu le mieux après Dieu?

— Toi et maman.

— Maman d'abord ! interrompit-il vivement. C'est l'amour de la mère qui est le plus près de l'amour de Dieu par le sang, par le sein, par les larmes. L'âme de Jésus est mère... Jean, mon petit Jean, si tu savais combien je déplore les jours où je n'avais pas encore appris à aimer Jésus-Christ de toute la ferveur, de tous les élans de mon être, et les hommes, mes frères, comme moi-même, pour l'amour de Jésus-Christ ! C'est une loi, c'est la Loi. Ce n'est pas la nature : c'est au-dessus de la nature. Cela s'apprend dans la vérité, dans la foi, dans la douleur. C'est une science, c'est la Science. La grande ! l'unique !... O cœur de Jésus ! ciel ouvert ! comment se peut-il rencontrer un seul ennemi de vos adorées tendresses !...

C'était comme un chant doux et lent qui tombait

de ses lèvres, et chacune de ses paupières avait une larme qui faiblement brillait. Je n'avais jamais rien entendu ni rien vu qui fût pareil à cela.

Charles était pieux autrement, et maman ne savait que ses prières.

Avant cet instant, je regardais maman et surtout Charles comme des dévots de premier rang. Papa ne parlait jamais de religion. Il disait tout haut le *Benedicite* et les Grâces; c'était lui qui nous faisait la prière du soir, mais hors de cela, dans les instants si courts qu'il passait avec nous, il causait, il riait et ses historiettes de deux minutes avaient souvent une teinte un petit peu gaillarde.

Une fois qu'on m'avait envoyé le chercher pour dîner, je l'avais surpris agenouillé devant le Christ de sa bibliothèque, et j'en étais resté étonné. Il m'avait dit en m'enlevant dans ses bras : « Croyais-tu que le bon Dieu était ici pour des prunes, petit Jean? »

Non, assurément, je ne croyais pas cela, mais le docteur Olivier ne l'impliquait jamais dans les « bonnes plaisanteries » dont il accablait maman, mes sœurs et surtout Charles que le brave homme aimait de bon cœur, mais qu'il appelait « le cafard », ni plus ni moins que les gredinets du lycée.

On s'accordait à reconnaître au Palais, dans l'Université et parmi les personnes sages de la ville, que papa avait une foi « éclairée ».

Prends la chose comme tu voudras, mais je ne serais point flatté qu'on parlât ainsi de moi dans certains milieux.

La foi « éclairée » de ces messieurs ressemble à la république « modérée », qui bat les murailles et que chacun regarde tituber en tremblant.

Moi, je ne puis cacher que j'aimais assez entendre, en ce temps-là, les louanges prodiguées à papa sur sa *foi éclairée*. Je n'étais pas du tout une de ces petites bêtes matérialistes qui empuantissent maintenant nos écoles, mais la ferveur ne m'étouffait pas non plus, et j'étais bien aise de pouvoir opposer la « foi éclairée » du père à la cafarderie de maître Charles. Cela me rachetait et me relevait auprès de mes camarades dont les papas avaient l'honneur d'être des libéraux, car on était alors en plein libéralisme, et ce qui en est sorti, tu le sais.

Eh bien, malgré tout ce que je puis dire, le cantique de suave piété qui s'exhalait des lèvres de mon père et qui ne semblait point être de mon père lui-même, tel que je l'avais senti et vu jusqu'alors, ne me causait point de surprise; et il ne m'étonnait pas non plus beaucoup que cette parole pénétrante remuât en moi des fibres qui m'étaient inconnues. J'étais averti et j'étais préparé par les grandes émotions de la soirée.

Parmi les sentiments nouveaux et les sensations ignorées que j'éprouvai cette nuit, il en est que je ne devrais même pas essayer de rendre, à cause de leur nature, ou trop vague, ou complètement contradictoire, mais quelque chose me pousse à te dire tout, et ce que tu ne pourras pas exprimer selon l'intégrité de l'impression communiquée à toi par moi, tu le rejetteras.

Ainsi, je croyais mon père hors de danger; à la surface de ma pensée, il était convenu que la mort ne menaçait plus : au moins la mort prochaine, et pourtant l'idée, la *saveur* plutôt de la mort, débordait de moi.

Pour te faire comprendre cela, je suis encore obligé de parler rêve. Au-dessus et autour de ma sécurité très réelle, il y avait une inquiétude ambiante qui n'entrait pas, mais qui tendait à entrer, comme il arrive au milieu d'un songe pénible où l'on essaye de se rassurer dans la conscience vague qu'on a de subir les illusions du sommeil.

Seulement ici, c'était le contentement et la paix que j'avais en moi, et c'était la vague conscience du malheur qui, autour de moi, rôdait comme un menaçant réveil.

Il y avait des instants où l'anxiété extérieure s'approchait si près, que j'en ressentais un malaise physique. Je regardais alors papa, dont la physionomie reposée ne peignait pas seulement l'absence de toute souffrance, mais aussi une gratitude, une confiance, une force, un bonheur.

Les signes de vieillesse prématurée qui, depuis quelque temps surtout, se montraient sur son visage, avaient disparu. Et nul symptôme de fièvre ne restait.

Il était soulevé par l'esprit. Sa méditation planait à ces hauteurs héroïques où la parole du célébrant avec la brave netteté d'un commandement militaire, nous appelle dans le saint sacrifice de la messe. *Sursum corda!* dit le prêtre : « Portez arme ! car notre arme, c'est votre cœur. A quoi les fidèles répondent comme le soldat obéit : *Habemus ad Dominum :* « Notre cœur, qui est notre arme, est prêt pour le combat du Seigneur ».

Et reporte-toi aux temps où ces merveilleux dialogues de notre liturgie s'échangeaient dans la nuit des catacombes entre le martyr qui officiait et les martyrs qui entouraient la pierre de l'autel : tous connaissant l'édit de César, tous préparés pour la torture :

« Haut les cœurs ! » *Sursum corda !* que nos traditions catholiques sont grandes ! que nos souvenirs de chrétiens sont vaillants ! *Habemus ad Dominum :* « O Seigneur ! nos cœurs, les voilà ! »

Ce qui parlait sur les traits de mon père, c'était le sentiment même exprimé par cette réponse consacrée si touchante, si simple et si belle. Son cœur était tout porté, tout haut, tout prêt, et il l'élevait encore, dépassant d'une aire si large les niveaux de la terre qu'il me fallait pour le suivre les ailes de ma candeur d'enfant.

Je me souviens bien des sommets où cette heure emporta et ravit ma pensée, mais quand je veux traduire ce qui est dans ma mémoire par des mots, je n'en trouve plus. Les choses que je voyais et que j'écoutais, étaient déjà du ciel, et notre langue terrestre qui se heurte contre l'emphase dès qu'elle essaye de mesurer le Grand ou de sonder le Profond, éclate entre mes mains qui ont cessé d'être pures...

L'amour, un éblouissant amour, tranquille parce qu'il était sans mélange et sans bornes, voilà le ressentiment que cette heure m'a laissé. Je sais qu'en me parlant, mon père voyait au delà de la vie, car tout reflet est engendré par une lumière, et à quel foyer aurait-il pu arracher ces rayons ineffables, s'il n'eût contemplé le Souverain Cœur lui-même ! J'avais dix ans, ô Cœur que j'ai entrevu à travers la sereine extase d'un saint qui était mon père ! Je ne demande pas ce qui est impossible, ce que je suis si loin d'ailleurs de mériter, je ne demande pas la vision parfaite de votre gloire, mais je demande, mais j'implore

de la miséricorde infinie, la grâce de retrouver tout
au fond de moi la figure du Juste ici-bas : ce calme
puissant, cette claire tranquillité, cette tendresse
immense et limpide où se mirait l'amour même de
Dieu ! Je voudrais retrouver le sourire de mon père...

Papa avait cessé de parler depuis quelques instants, mais il ne sommeillait pas encore, car il entendit deux heures de nuit sonner dans le salon. Ses
yeux se rouvrirent.

— Tu es toujours là, petit Jean, me dit-il, bon
petit Jean. Tu aurais du chagrin si je t'envoyais dans
ton lit?

— Oh ! père, laisse-moi près de toi !

— Je veux bien, répondit-il, je veux bien. C'est
toi qui m'auras veillé.

Puis, regardant maman qui dormait la tête ren-
versée sur le dossier de la bergère, il ajouta :

— C'est la morphine du bon docteur... elle avait
grand besoin de cela !

Il y eut encore un silence; je trouvais qu'il devenait plus pâle.

Il referma les yeux et ramena sur sa poitrine le
Christ qui avait glissé de côté.

— Charles est de l'or, me dit-il tout d'un coup :
de l'or! Tu l'aimes bien, pas vrai !

— Oui, père, je l'aime bien, bien.

— C'est de l'or. Je le vois mieux maintenant.
Tu le feras souvenir pour les papiers du pauvre Sicard. Le casier à gauche; les pièces sont toutes ensemble. Tu diras au docteur que j'ai bien parlé de
lui.

— Mais il sera ici au petit jour, il l'a promis.

— C'est juste. Cher Olivier ! Dieu le guette... tu lui diras...

Il hésita, puis il acheva :

— Tu lui diras... C'est cette année que tu fais ta première communion, petit Jean?

— Oui, père, au mois de mai, j'aurai onze ans tout proche.

— Tu lui diras : « Docteur, papa me l'a promis, vous et moi, nous ferons notre première communion le même jour. »

Ce fut en ce moment que la peur rentra en moi tout à fait, car je crus que le délire le reprenait. Et cependant, sa parole était si aisée et si douce ! Il reprit plus lentement, comme quelqu'un qui va s'endormir :

— Vois-tu, mon petit Jean, quand tu penseras à moi, c'est le moi d'aujourd'hui, le moi de cette heure bénie qu'il faut te rappeler...

— Oh ! papa ! m'écriai-je, pourquoi me parles-tu comme cela?...

— Chut ! fit-il, n'éveille pas ta mère... je te parle ainsi, parce que cette heure est grande et bonne parmi celles que j'ai vécu. Voici ce qu'elle m'a appris, petit Jean : il faut aimer; il n'y a qu'aimer. Il faut aimer de toute son âme, de toute sa vie et de toute sa mort. Jésus ! amour divin, amant des âmes, je ne vous connaissais pas tout entier avant cette heure... petit Jean, pourquoi pleures-tu?

Je ne voulus pas le dire, mais je me couvris le visage avec mes mains.

— Pauvre cher petit ! murmura-t-il. Ne pleure pas je t'en prie... J'ai deux enfants qui sont loin de la maison. Tu leur diras que je ne les ai pas oubliés. Je les confie à la Vierge mère... et Louise, et Anne, et toi, et ma sainte femme de femme...... Va, Dieu ne meurt pas, et nul ne meurt en Dieu : je resterai avec vous...

— Papa, mon papa ! suppliai-je, laisse-moi éveiller maman !

— Pourquoi? demanda-t-il doucement.

Et je voyais toujours à travers mes larmes la belle sérénité de son sourire qui répandait autour de soi comme un baume de lumière et versait l'espoir dans ma terreur.

— Pourquoi? répéta-t-il; elle sait comme je l'aimais.

Alors, il leva les yeux au ciel en murmurant :

— O Christ ! ô Cœur ! Soyez ici le père !...

Et comme il vit mon geste épouvanté qui cherchait le bras de maman, il posa un doigt sur ses lèvres en se jouant et me dit : « Chut ! » pendant qu'il mettait son autre main dans les miennes, de manière à les retenir toutes les deux.

— Père, tu ne veux pas que je l'avertisse?..

— Je dors, mon petit Jean, bonsoir !

Cette chère main qui tenait les miennes prisonnières me rassurait, et aussi le souffle paisible qui passait entre ses lèvres entr'ouvertes et encore son sourire reconnaissant et bon comme la joie des pauvres.

Je n'osais plus bouger, de peur de troubler ce sommeil.

Au bout d'un peu de temps, il me sembla que les doigts se desserraient; la main perdait de sa chaleur; je n'entendais plus bien le souffle passer. Mais le sourire restait.

Quand sonna la demie après deux heures, la main
était si froide qu'elle me glaçait jusqu'au cœur.
Je voulus la poser sur la couverture pour avertir
maman; le bras était lourd, il m'échappa et tomba,
inerte, contre le fer du lit. Je comprenais enfin.
Je me laissai aller sur le plancher, à la renverse, et
ma propre voix, qui m'effraya dans le silence comme
un cri horrible, s'éleva disant :

— Maman, éveille-toi, papa est mort !

X

MARIE

Avant de perdre le sentiment, je pus entendre encore maman qui se mettait sur ses pieds en sursaut et qui disait, répondant à mon cri de détresse :

— Tu es fou, Jeannot, voilà ton père qui me sourit !

Ce qu'on fit de moi je ne l'ai su que plus tard. Charles m'emporta chez des voisins plus riches que nous qui demeuraient au premier étage. Toute la maison veillait, du haut en bas; chez nous seulement on avait dormi, et encore, sa vie durant, Julienne a soutenu que ses yeux ne s'étaient point fermés.

Je me retrouvai qu'il faisait grand jour dans une chambre inconnue et occupant un petit lit bien coquet, arrangé comme ceux des fillettes. Auprès du lit, une vieille dame à besicles cousait des tabliers pour les pauvres. Nous étions seuls, elle et moi, mais dans la chambre voisine on entendait beaucoup de tapage, et une voix disait par-dessus le bruit des chaises saccagées :

— Je veux voir ce petit Jean tout de suite, je suis sûre que je le consolerai !

Je n'avais pas besoin de ce dernier mot pour re-

prendre possession de moi-même et de mes souvenirs.
Je m'étais éveillé avec un poids écrasant sur la poitrine
et ce poids était la conscience de mon malheur.
Comme je pleurais silencieusement, la vieille dame
ôta ses lunettes pour me regarder, et je reconnus en elle
la voisine du premier étage, madame de Moy, avec
qui maman échangeait la visite du premier de l'an,
mais chez qui je n'étais jamais entré, tu sauras
bientôt pourquoi. C'était une très charitable femme;
elle essaya de me sourire; mais les larmes lui vinrent
aux yeux.

— N'ai-je vraiment plus de père? demandai-je.

— Le pauvre monsieur est bien malade, bien
malade, me répondit-elle avec l'embarras des braves
cœurs qui essayent de miséricordieux mensonges :
il a manqué *passer* cette nuit quand vous vous êtes
trouvé mal. Il ne faut pas espérer beaucoup, mon
cher enfant.

De l'autre côté de la porte, le refrain reprenait :
« Je veux voir le petit Jean et tout de suite ! Je suis
sûre que je le consolerai ! »

C'était une voix pointue et cassante qui exprimait
de la colère et qui m'irritait, car la colère a toujours
été pour moi un mal contagieux que je gagne par le
seul ébranlement des nerfs. Je savais très bien à
qui appartenait cette voix.

J'avais, dans la maison, deux ennemis, depuis
ma toute petite enfance : le chien-roquet de la boutique du menuisier qui en voulait à mes jambes, et
la petite Marie de Moy qui me guettait à la porte
entre-bâillée du premier étage pour m'appeler Jean
Farine, quand je montais ou descendais l'escalier.
C'était de la haine.

Une fois, elle m'avait lancé par la fenêtre une « bergerie » qui pouvait très bien me tuer, au moment où je passais la porte de l'allée. J'avais peur d'elle encore plus que du roquet qui m'avait mordu pourtant bien souvent, et c'était à cause d'elle que maman ne m'avait jamais mené chez notre bonne vieille voisine.

L'origine de cette animadversion vraiment sauvage remontait à la première Fête-Dieu dont je me souvienne. Marie (elle avait un an de plus que moi), ses bonnes et la vieille dame avaient fait une belle guirlande de roses et de bleuets pour soutenir à travers la rue une de ces pieuses couronnes qui se balancent encore dans nos provinces au-dessus du Saint-Sacrement. Il se trouva que la couronne, quand on voulut l'attacher, pendait trop bas, et l'on fut obligé de la fixer à notre balcon. Ce n'était pas pour la gloire du Saint-Sacrement, mais bien pour sa gloire, à elle, que mademoiselle Marie s'intéressait à la couronne qui devait orner « son étage ».

De voir la couronne à l'étage de Jean Farine, ce fut pour elle un crève-cœur profond. Au lieu de trôner à sa fenêtre pour voir passer « le Sacre » (on nomme encore ainsi chez nous la procession), en admirant l'effet de sa couronne et en effeuillant des fleurs, elle se sauva tout au fond de la maison et ne me le pardonna jamais. Je restai pour elle l'usurpateur de sa couronne.

Ne sois pas surpris de me voir appuyer sur ce détail frivole au milieu d'un deuil qui fut le premier et l'un des plus amers de ma vie. Marie de Moy tient une large place dans mon passé. Elle fut la mère de l'autre Marie, ma fille, mon grand orgueil et mon grand amour...

Jean fit une pause ici, et son regard alla vers l'esquisse représentant le peintre de Venise au moment où il fixe sur la toile les traits de sa fille décédée.

— L'étape ! murmura-t-il, la maîtresse étape de ma conversion ! car je ne suis pas peintre, c'est vrai, mais j'ai été poète, et comme Tintoret j'ai livré combat à cette tâche terrible de faire le portrait de ma fille dans sa mort.

Il reprit après un instant :

— Tu es au bout, j'ai presque fini. Madame de Moy, avec bien de la répugnance, s'était déterminée à mettre Marie pensionnaire au couvent pour essayer de rompre son caractère diabolique. On avait donc pu me donner sa chambre puisqu'elle ne l'habitait plus; mais ce jour se trouvait être « sa sortie », malheureusement, et depuis le matin, elle faisait le démon, pleurant, criant, menaçant et disant qu'elle était bien malheureuse de n'avoir plus ni lit, ni chambre, ni rien dans sa propre maison. Tantôt elle me maudissait sous mon ancien nom de Jean Farine, tantôt elle s'attendrissait, jurant qu'elle me pardonnait la couronne puisque je pleurais, et se faisant fort de me consoler d'un coup, rien qu'en me donnant tous ses joujoux, tous ses bonbons, enfin, ce qu'elle avait : tout, tout !

En attendant, elle mettait les meubles sens dessus dessous et mordait sa bonne qu'elle *adorait*. C'était son mot.

Je ne l'écoutais guère, à cause de l'accablement qui pesait sur moi, mais tu sais comme les malades regardent autour d'eux, et ce qu'ils cherchent, et ce qu'ils trouvent dans le dessin de leurs rideaux ou du papier qui tapisse leur alcôve. Quand je n'étais pas aveuglé par mes larmes, je regardais la tapisserie, où se répétait cent fois ce motif : deux pigeons qui se becquetaient perchés sur les lèvres d'une coupe antique.

Mes yeux allaient d'une coupe à l'autre, d'une paire de pigeons à la suivante, et j'essayais de les compter. Et je m'en indignais, mais il me semblait que papa, avec son sourire, me disait : « Compte, compte, petit Jean, cela t'occupe, tu as si longtemps devant toi pour penser à moi ! »

Une chose me gênait, c'était une profusion de « pages d'écriture » et de papiers de dessin, piqués à la muraille. Chacun de ces obstacles recouvrait deux ou trois de mes coupes et m'empêchait de compter les pigeons; cela me les fit remarquer. Il y avait sur les papiers à dessin des études de commençant très mal faites; tu peux les voir si tu veux. J'ai vendu mes tableaux, mais ces chiffons je les ai encore.

Son doigt me montrait les pages d'écriture jaunie et les feuilles de vélin poudreux où le fusain de l'écolière allait s'effaçant.

— Et je me fâchais aussi, poursuivit-il, contre de longs chapelets de marrons d'Inde et de longs colliers de graines de houx qui étaient alors bien brillants et tout neufs; il m'en reste un, le voilà devant toi; il est racorni et rongé; toutes ces choses ont duré bien plus longtemps que Marie...

La vieille dame avait honte du bruit que faisait l'enfant. Elle disait de temps en temps avec des soupirs de tendresse :

— Quel lutin ! ah ! quel lutin !

Et une fois, elle ajouta en s'adressant à moi :

— C'est un peu ma faute : elle a été gâtée ! sa mère est morte si jeune ! et nous n'osions pas la la gronder parce qu'elle toussait comme sa mère.

Elle releva ses besicles pour s'essuyer les yeux.

— Je l'ai vue jeter des sous aux pauvres, dis-je, pour faire plaisir à la bonne dame.

— Souvent, oh ! souvent ! s'écria-t-elle, et de l'argent blanc aussi, elle donne tout ce qu'elle a... et vous avez raison, mon petit monsieur Jean, de remarquer ce que les autres font de bien; ce n'est pas étonnant, vous appartenez à une famille si sainte !... Dieu merci, ma fillette a bon cœur ! La supérieure me disait encore dimanche : « Elle est aussi bonne que méchante...»

Il y eut un fracas, comme si toutes les chaises s'écrasaient à la fois dans l'autre chambre.

— Ah ! mon Dieu ! s'écria l'aïeule, elle se sera fait du mal !

Mais au moment où elle se levait en hâte pour aller voir si mademoiselle Marie s'était cassé le cou, la voix pointue éclata comme une fanfare de triomphe.

— En voilà deux qui boiteront ! dit-elle en parlant des chaises; et une qui a les reins démis ! Ah ! je suis forte !... C'est bien fait, pourquoi m'empêche-t-on d'aller dans ma chambre? Est-ce qu'on croit que je ferais du mal à ce pauvre petit Jean-là? Je l'embrasserais, et je lui dirais de rester toujours chez nous !... Ainsi !

— Quel démon ! quel démon ! murmura la grand'-mère qui était radieuse.

Mais tout à coup elle prêta l'oreille d'un air inquiet Ce n'était plus Marie qu'elle écoutait. Le rouge vint à ses joues, et elle baissa les yeux en toussant comme pour m'empêcher d'entendre.

Hélas ! ce n'était pas possible.

Depuis quelque temps un bruit sourd m'enveloppait, qui semblait venir de toute la maison à la fois et aussi du dehors. On montait, on descendait les escaliers. Un chant d'église m'arriva, et tout mon sang eut froid. Les cloches sonnaient. En même temps la fenêtre de la pièce où était Marie s'ouvrit, car elle avait voulu regarder, et par la fenêtre entra bruyamment le son du serpent, accompagnant les psalmodies funèbres.

Ah ! je ne pouvais m'y tromper, je connaissais trop cela : c'était par notre rue que les enterrements passaient, dénoncés toujours au loin par les chants du clergé que répétaient les fidèles.

Vous n'avez rien de semblable à Paris, mais là-bas, quand les morts s'en vont, le peuple et les prêtres parlent à Dieu pour eux, tout le long du chemin. Et combien de fois m'étais-je agenouillé, regardant, à travers le fer contourné du balcon, les porteurs au pas lourd et lentement balancé, qui peinaient en mesure sous le poids du cercueil...

— Quoi ! balbutiai-je parmi les sanglots qui déchiraient ma poitrine : déjà !

— Il y a deux jours que vous êtes ici, bien malade, me répondit la vieille dame, et le docteur Olivier a eu grand'peur pour vous.

— Et sont-ils venus me voir? demandai-je.

— Oui; votre frère Charles, qui a vieilli de dix ans, votre maman, courageuse comme les saintes, et vos deux sœurs, pauvres anges. Votre autre sœur, la religieuse, est arrivée ce matin, et on attend le militaire ce soir.

Elle se mit à genoux pour réciter une prière, car les chants éclataient juste au-dessous de nous. Moi aussi, j'essayai de prier. Tout tremblait et chancelait au dedans de moi. Je voyais le cercueil fermé sous son drap noir, et je le voyais ouvert aussi avec la forme ensevelie qu'il contenait. « A Paris ! à Paris ! sur mon petit cheval gris ! » J'entendais cela par-dessus le *Libera*. Et j'entendais aussi sous la toile terrible, cousue à grands points : « O Christ ! ô cœur ! soyez ici le père ! » Et encore : « Bonsoir, mon petit Jean, je dors... »

Mais il y avait une autre voix, ta voix, pauvre maman chérie, qui pleurait à mon oreille et qui disait : « Tu es fou, Jeannot, comment veux-tu qu'il soit mort, puisque le voilà qui me sourit?... »

Ce n'étaient pas là des prières. J'avais l'obstinée volonté d'implorer la Vierge, non pas pour le père que je sentais heureux, mais pour nous, c'est-à-dire pour maman. L'*Ave Maria* jouait avec moi cruellement, je ne pouvais le saisir... Je disais :

— Marie, Marie, Marie, vous me comprenez bien, n'est-ce pas? Il est auprès de vous; écoutez ce qu'il vous dira pour nous, sainte Marie, sainte Marie !...

Le chant s'éloigna, la fenêtre de la pièce voisine se referma, Madame de Moy se rassit tout agitée et branlant sa bonne tête respectable. Elle ne me parla point. J'aurais voulu qu'elle me parlât, car j'avais remords de l'affaissement qui me tenait et de l'intolérable persistance que je mettais à suivre, dans ma pensée anéantie, les rangées de coupes et de pigeons.

Que faisait maman à cette heure?

Il y en avait une, j'entends une coupe, qui était tranchée en deux par un chapelet de graines de houx, et je ne voyais qu'un des pigeons. L'effort que je faisais pour écarter le chapelet et voir l'autre oiseau me baignait les tempes de sueur froide. Il me semblait que c'était cela seulement qui me faisait souffrir.

On n'entendait plus Marie dans l'autre chambre, ni le bruit de la rue, ni rien. L'aïeule était pour moi un objet inanimé comme les meubles ou les fleurs des rideaux. Il n'y avait de vivant que les longues lignes d'oiseaux qui déployaient leurs ailes en tendant le cou sur la tapisserie.

Comment est-on dans le ciel? Père avait-il toujours son même sourire ou un encore plus beau? Mais tout cela était-il bien vrai? et se pouvait-il que jamais papa ne dût me reprendre sur ses genoux?

La voix de la bonne qui gardait Marie dans l'autre chambre dit à quelqu'un qui venait sans doute d'entrer:

— Eh bien! j'espère qu'il y en avait assez de ce monde!

A quoi une autre voix essoufflée, que je crus reconnaître pour celle de notre Julienne, répondit :

— Toute la ville! On n'a jamais rien vu de pareil! La cour, le tribunal, l'évêché, les officiers, les avocats, les comtes, les marquis. Et des dames, et des pauvres! Ah! des pauvres! d'avoir couru, pleuré, raconté,

car ils voulaient tout savoir, je suis comme si j'avais
la tête à l'envers... Et notre pauvre petit minet de
Jean? s'est-il retrouvé à la fin? M. Olivier a peur
pour lui de ci et de ça : des grands noms de maladies.
Ah! quand la *déchance* se fourre dans une maison,
chacun sait comme ça commence, mais comment ça
finit, personne... Je voudrais le voir.

— Madame a défendu d'entrer, répliqua la bonne
tout haut.

Mais elle ajouta plus bas :

— A cause de notre diable enragé qui lui tournerait
les sens. Faites le tour par l'autre porte, si vous
voulez.

Il y avait du temps que le diable enragé dont parlait
la bonne, c'est-à-dire mon ancienne ennemie, Marie,
n'avait fait aucun tapage; mais à cet instant elle
poussa un rugissement de petit lion.

— Je t'entends, toi! fit-elle, tu mens! voilà plus
d'une heure que je suis sage! et, puisque cela ne sert
à rien, tu vas voir!

Elle dut battre quelqu'un, car il y eut un bruit de
bousculade, et, tout de suite après, Marie reprit :

— Entre, vieille Julienne! C'est moi qui te le
permets!

Et la porte fut ouverte avec violence.

Marie s'élança la première, mais elle s'arrêta tout
interdite au bout de trois pas, et resta à me regarder.
La grand'maman s'était levée, laissant tomber d'un
côté ses ciseaux, de l'autre son dé, et marchant sur
son ouvrage. Elle avait pris une pose de sévère
majesté; mais Marie ne faisait aucune attention à
elle, et ce fut à moi qu'elle dit :

— Julienne voulait te voir. On ne pouvait pas

l'empêcher de venir auprès de son petit maître, pas vrai? moi, je vas m'en aller.

C'était une fillette assez grande pour son âge, et plutôt laide, quoiqu'elle eût des yeux superbes. Elle devint très belle plus tard. Et encore *belle*, je ne sais pas : c'est charmante plutôt que je voulais dire. En ce temps-là, il y avait dans toute sa personne quelque chose d'anguleux, de heurté, qui était presque choquant, mais non point disgracieux. Cela avait des audaces de premier jet et l'attrait d'une ébauche.

D'ordinaire, rien n'était capable de l'arrêter. Si elle se montrait timide en passant aujourd'hui, et gauchement soumise, c'est que mon malheur la domptait. A sa diablerie il fallait de la résistance; en face de moi, brisé comme je l'étais, elle tournait à l'ange inopinément, mais elle ne savait pas s'y prendre : c'était un agneau qui gardait un peu l'allure des loups.

Quoiqu'elle eût dit : « Je vas m'en aller, » elle ne bougeait pas, et fixait les yeux sur moi avec une pitié si intense que j'en éprouvais un malaise. Julienne, pendant cela, était entrée; mais, au lieu de venir à moi, elle fit une belle révérence à l'aïeule en relevant le coin de son tablier, et lui dit, non sans dignité :

— La famille vous est bien obligée de votre bonté pour le petiot, madame de Moy, vous ne nous deviez rien.

Puis sans transition et, en donnant toute sa voix, elle ajouta :

— Mais le monde qu'il y avait ! si le pauvre

monsieur avait pu voir ça! c'était pire que pour défunt monseigneur l'évêque, avec les tambours habillés de noir, à cause de sa croix d'honneur. Les juges et greffiers, les huissiers, les procureurs; ça, ce n'est pas étonnant, puisqu'il en était, mais toute la halle et toute la poissonnerie! Et les messieurs prêtres des autres paroisses! Et les communautés! Et le préfet, et le général, et le receveur des domaines... Le changeur d'en face demandait : « Pourquoi toute cette foule derrière un homme qui n'avait pas le sou? » J'ai répondu : « Pas le sou! d'abord, on ne vous a jamais rien emprunté, Judas, hé? ensuite, comptez voir sur vos doigts, il y a ici tous ceux qu'on ne verra point suivre votre boîte, quand vous serez pour tomber au fin fond du paradis des grigous qui se tient à cinq étages par-dessous not'cave! » Il a eu son bec cousu, vous pensez bien, le Roboam! Pas le sou! Faut croire que nos liards valent les écus des autres, alors, puisqu'il sortait des pauvres de dessous les pavés tout le long du chemin, priant et dolant! Et des belles dames qui pleuraient! Et M. le curé qu'on soutenait sous les bras! Et le docteur Olivier qui avait l'air d'un défunt! J'ai tout vu; et qui donc aurait eu le droit de tout voir, si ce n'est moi? Voilà vingt-cinq ans que je les sers de mon mieux, pour sûr. Aussi, on m'a fait place au cimetière et j'ai arrivé jusqu'auprès de la fosse. Je n'avais qu'à dire : « Je suis Julienne de chez eux », on me laissait passer. Quand M. Jamond a eu fini de lire les prières, il a dit : « Adieu! adieu! vrai cœur, prie pour nous! » Et il est tombé dans les bras de ses vicaires qui pleuraient comme des Madeleines, et le docteur était agenouillé dans la boue. Les messieurs prêtres l'ont autant dire emporté,

j'entends le docteur, quoiqu'il ne soit pas de leur bord.
Et moi, j'ai revenu que tout ce monde-là voulait me
toucher et me parler de si près que je n'avais pas tant
seulement la place où tirer mon tablier pour m'essuyer l'eau de mes yeux. Ah! dame! on l'aimait!
C'était comme si la ville aurait perdu le parent de
tout le monde... Car s'il n'avait pas des mille et des
cents comme bien d'autres, on lui payait du respect
en veux-tu en voilà, assez pour contenter vingt riches
et leur orgueil! et c'est une chose qu'on ne peut pas
acheter avec tous les écus de la terre!

Elle parlait ainsi vitement et sans reprendre haleine. Ses cheveux gris étaient ébouriffés sous sa
grande coiffe, et ses yeux tout boursouflés des coups
de tablier qu'elle leur prodiguait. Elle avait l'air en
colère, contre qui? je ne sais pas, mais la vieille dame
qui se regardait comme une «riche», prit un peu la
chose pour elle et dit sèchement :

— Il faut bien qu'il y ait des personnes à leur aise
pour donner aux malheureux, ma fille.

J'ignore ce que notre Julienne aurait répondu,
car Marie ne lui laissa pas le temps d'ouvrir la
bouche.

Elle arriva d'un saut contre sa grand'maman, et
lui dit :

— Toi, tu es bonne, bonne, mais c'est facile de donner
quand on a de quoi. Au couvent, on dit que les parents
du petit Jean n'ont rien et qu'ils donnent tout de
même... Voilà qui est beau !

Julienne l'enleva dans ses bras, mais, tout attendrie qu'elle était, elle grommela :

— On en taille des bavettes dans ce couvent-là !

Nos deux demoiselles y ont été, mais personne n'est venu voir, je pense, ce qu'il y a et ce qu'il n'y a pas chez nous. On vit de ce qu'on mange, à la maison comme ailleurs, et ce qu'on mange, on le paie.

Au lieu de se fâcher, la vieille dame sourit à Julienne et serra la fillette contre son cœur :

— Tu as raison, chérie, dit-elle, et Julienne aussi : les parents du petit monsieur Jean sont plus près de Dieu que nous.

— Oh ! pour quant à ça, s'écria Julienne qui ne voulait point être en reste de politesse, ce n'était point par manière de vous rabaisser, ni de dire que vous n'auriez personne à votre convoi d'enterrement, quand il se fera ; moi qui parle, je promets bien d'y aller comme voisine, madame de Moy. Vous êtes de bon monde.

Elle vint enfin jusqu'à mon lit. Marie la suivait de tout près, sur la pointe des pieds, pour ne point faire de bruit. Elle retenait son souffle tant qu'elle pouvait et me regardait de tous ses grands yeux. Se pouvait-il que ces yeux-là fussent pleins si souvent de malice et de colère !

— Notre petit monsieur, me dit Julienne, ça ne va pas comme vous voulez, bien sûr ?

Et elle ajouta en se tournant vers l'aïeule :

— Ça fait pitié de le voir !

— Tais-toi, murmura Marie, quand j'ai été malade et qu'on avait pitié de moi, autour de moi, je souffrais le double et j'avais peur de mourir.

Ah ! moi, je n'avais pas peur de mourir ! J'attirai Julienne pour lui dire tout bas :

— Et maman ?

Julienne me répondit :

— Elle tient dur ! Pauvre madame ! Quelle femme !
Ça a plus de courage que tous les soldats ensemble
d'un régiment. Ses nerfs la soutiennent. Elle a tout
mené. On a passé la matinée d'hier à mettre les adresses
des lettres de faire part. Ils étaient six à écrire sur
le pauvre bureau de notre monsieur, lui qui défendait
tant qu'on y touche ! Il y avait des lettres à bordures
noires sur toutes les tables, sur toutes les chaises,
sur tous les lits...

— Charles était aussi à mettre des adresses?

— Non fait. Il était pour la mairie, l'église et le
reste. Il a du sang-froid assez, et de trop aussi. Depuis
le malheur arrivé, je ne sais si d'autres l'ont vu pleurer,
mais pas moi, toujours !...   Veux-tu t'en venir?

— Oh ! oui ! répondis-je.

Pendant que Julienne me parlait, Marie s'était
éloignée avec une réserve qui ne ressemblait ni à son
âge, ni surtout au sans-gêne habituel de ses pétu-
lances. Quoiqu'elle fût maintenant derrière le fauteuil de madame de Moy et que Julienne eût baissé
la voix pour m'adresser sa dernière question, Marie
l'entendit ainsi que ma réponse, car elle dit avec un
mouvement de colère :

— Il ne se trouve pas bien chez nous !

Heureusement que Julienne reprenait en même
temps qu'elle et tout haut :

— Le pauvre poulet a bonne envie de revoir tout
son monde, et maintenant rien n'empêche.

— M. le docteur Olivier, répondit la vieille dame,
a dit qu'on ne pourrait pas le lever avant deux jours,
si tout allait au mieux.

Marie se jeta à son cou, mais moi qui ne me sentais

pas d'impatience d'embrasser maman, je voulus faire mentir le docteur et je pris un grand élan pour m'asseoir dans mon lit. Ce fut comme s'il y avait eu de l'étoupe dans mes deux bras au lieu de chair. Mon effort que je croyais capable de me soulever d'un temps, ne produisit rien, et je crus que j'allais perdre de nouveau connaissance, tant je me sentis épuisé.

— Ah! mais non! ah! mais non! fit Julienne effrayée : il y a assez d'un malheur, tiens-toi tranquille, petit Jean, on dirait que c'est moi l'auteur, si tu avais du mal.

Je ne sais pas comment Marie s'y prit, mais elle se trouva tout d'un coup au bord de mon lit, entre Julienne et moi, et je l'entendis qui me disait à l'oreille bien doucement.

— Si c'est à cause de moi que tu veux t'en aller, on va m'emmener à la pension à huit heures, et je ne te gênerai plus. Sois bien sage pour te guérir. Tu sais, mon grand cheval qui marche? *ce n'est pas un joujou de demoiselle.* Dès que tu seras guéri, je te le donnerai, parole !

Ceci était une allusion.

Il y avait derrière notre maison un petit jardin ou plutôt une terrasse aménagée sur un vieux pan de maçonnerie assez large qui restait des remparts romains de la ville. C'était là que Marie prenait ses ébats autrefois, à grand bruit, car les fenêtres du premier étage ouvraient de plain-pied sur cette terrasse. Elle avait tous les goûts d'un garçon, et je l'avais souvent enviée pendant qu'elle manœuvrait son grand cheval qui marchait. Ces mots que je viens de souligner, c'était moi qui les avais laissés tomber originairement, derrière les rideaux de ma croisée, un an ou deux ans auparavant, dans un accès de jalousie. Je m'en souvenais bien. Je me souvenais aussi que « La Peste » (car il faut tout confesser, j'appelais alors Marie La Peste, et jamais ce surnom ne fut mieux appliqué) avait répondu, sans même tourner la tête de mon côté :

— As-tu fini ! moi, je connais un Jean Farine qui n'a ni joujou de garçon, ni joujou de demoiselle. Attrape !

Julienne s'en alla en me promettant que maman et mes sœurs descendraient me voir.

— Et Charles? demandai-je.

— Ah ! fit-elle en pinçant les lèvres, c'est un monsieur, depuis le malheur. Tout le monde est venu lui serrer la main à l'église, et il avait l'air que ça lui était dû. N'empêche qu'il y en avait plus d'un pour dire tout bas, entre soi : « Le papa était un fier chrétien, mais ce monsieur Charles a mangé un jésuite ! »

Je fus blessé. Même dans les familles les plus pieuses le nom de «jésuite,» en ce temps-là, était souvent pris en mauvaise part. Il a fallu tous les travaux, toutes les douleurs, tous les combats de notre siècle pour réhabiliter dans la popularité catholique cette avant-garde de héros qui fournit incessamment ses éclaireurs les plus intrépides à la Grande Armée de la Foi.

Et sans les furieux excès des libres-menteurs qui ont soulevé le dégoût de toutes les âmes honnêtes, il resterait, parmi le commun des fidèles et même au sein du clergé, quelque triste levain des calomnies dirigées par le Jansénisme, honteusement ligué avec l'athéisme contre cet ordre géant qui est le vivant boulevard de la vérité dogmatique et la vraie garde du corps de Jésus-Christ.

On dit qu'en 1832, lors du pillage de l'archevêché de Paris, un éloquent écrivain fut pris à partie par les malfaiteurs qui, à bout d'injures, l'appelèrent jésuite. « Mes amis, leur répondit-il, épargnez ma modestie. » Connaissant l'homme, je n'ai jamais regardé cette repartie comme un trait d'esprit. C'était une conviction exprimée avec simplicité, un hommage rendu avec justice, et voilà tout. Les pillards en firent sans nul doute ce que les pourceaux font des perles.

La bonne Julienne ne voyait pas si loin que cela et n'y entendait point malice. « Jésuite » avait pour elle à peu près la même signification que « cafard » pour les coquinets du lycée. Des cafards ! ces Zouaves de Dieu qui vont joyeusement et le cœur tout nu à la fête de leur martyre !

Quand Julienne fut partie, je restai seul avec madame de Moy et Marie qui aurait bien voulu causer, mais il m'en coûtait un effort terrible pour prononcer la moindre parole et aussi pour comprendre ce qui était dit autour de moi. J'étais plus malade qu'avant l'arrivée de Julienne. Mes paupières retombaient malgré moi, et les oiseaux de la tapisserie perdaient pour moi l'extrémité de leurs rangées dans un sinistre brouillard. Le jour baissa, on apporta de la lumière et ce fut Marie qui pensa à coiffer la lampe pour ne point me blesser les yeux.

Elle fit du bruit pourtant, l'espace de cinq ou six minutes, un moment avant son départ pour la pension;

je ne connus le pourquoi de ce bruit que le lendemain matin, où je vis le grand cheval qui marchait installé au pied de mon lit avec cette dédicace en vilaine écriture, tracée de bon cœur : « Donné par Marie au bon petit Jean. » Pourquoi *bon*? A cause de la bergerie, sans doute, qu'elle m'avait lancée autrefois comme un pavé, et dont je ne m'étais ni plaint, ni vengé.

Je passai le reste de la soirée dans un accablement absolu. Mes sœurs vinrent, toutes les trois, y compris la religieuse, et Charles vint aussi, mais non point maman. Il me fut impossible de parler à personne. J'aurais eu du soulagement à pleurer; je ne pouvais. Le dernier mot que j'entendis fut prononcé par le docteur Olivier, qui dit en me tâtant le pouls : « Cet enfant-là a souffert comme un homme... »

XI

LE TESTAMENT. — LE BÉNÉDICITÉ

Le lendemain était ce mercredi, jour fixé par mon père à ses derniers moments pour la démarche à faire en son lieu et place auprès du premier président dans l'intérêt de l'accusé Sicard, démarche à laquelle il tenait si fort. Je ne l'avais pas oublié, et je peux dire que c'était la seule chose dont je me souvinsse clairement aux instants où ma pensée se noyait.

Dès le matin, je demandai Charles à qui je n'avais pu encore parler. Quand je lui eus donné les instructions de papa, il me dit :

— Maman viendra te voir aujourd'hui, ne lui parle pas de ce Sicard; elle croit que le père est mort de cet homme-là.

— Et toi? demandai-je.

Charles me répondit :

— Nous sommes les enfants d'un saint. Tout arrive par la volonté de Dieu. Je crois que ce Sicard a fait beaucoup de mal à notre père.

— Du mal, m'écriai-je. Mais papa pensait à lui plus qu'à nous !

— N'oublie jamais cela, petit Jean, murmura Charles, Jésus est mort pour ses bourreaux. Il y a

11

dans le pardon du chrétien un infini trésor de tendresse.

J'étais encore bien faible, mais je parvins à me
soulever sur le coude.

— Comment ! comment ! m'écriai-je, veux-tu
dire que ce Sicard a fait du mal au pauvre père autrement qu'en lui prenant les heures de son repos,
ce qui l'a tué, car M. Olivier me l'a dit aussi? Depuis
un mois papa se relevait toutes les nuits.

— Je le sais, fit Charles, j'ai travaillé avec lui tout
le temps.

— Et ce Sicard lui aurait fait du mal en dehors de
cela? Du mal ! Du vrai mal !

— Oui, prononça Charles tout bas : du vrai mal.

— Père te l'a dit?

— Non, jamais.

— Alors comment le sais-tu?

Charles hésita, puis il répondit :

— Le père a laissé un testament.

— Et tu l'as lu?

— Comme c'était mon devoir, oui.

— Veux-tu me dire ce que Sicard a fait à notre
père?

— Pas maintenant, mais tu le sauras.

Charles se leva, je m'accrochai à son vêtement.

— Je ne veux pas que tu sortes ! m'écriai-je : tu
irais chez le premier président, tu sauverais ce Sicard....

Charles me coupa la parole par un baiser et dit
doucement :

— Père ne l'a-t-il pas commandé?

Mais je me dégageai de sa caresse. La colère me
rendait des forces.

— Tu n'iras pas ! tu n'iras pas ! répétai-je. Maman a raison de détester ce mauvais homme ! Si tu vas, je lui dirai tout ! Je pourrais bien pardonner le mal qu'on me ferait à moi, mais pardonner au brigand qui a causé la mort de papa, non, jamais ! Oh ! jamais, jamais !

Charles m'embrassa encore. Au bruit que je faisais, la femme de chambre de madame de Moy accourut. Elle entra au moment où ma tête retombait sur l'oreiller.

— Qu'est-ce que vous lui avez fait, vous? demanda la brave fille avec rudesse.

Et, comme Charles se retirait vivement, car il voulait arriver chez le premier président avant l'heure de l'audience, elle ajouta :

— Voyez un peu si c'est méchant, ces jésuites !

Ce mot détourna ma colère. Charles méchant ! ah ! certes, c'était bien le contraire ! Et pourtant, il me restait une meurtrissure au cœur. Charles allait servir « l'homme qui avait tué papa ». Il n'aimait donc pas papa comme moi, par exemple, et comme maman, puisqu'il se cachait d'elle !

Il aimait trop Dieu. Voilà le fond même de ma pensée exprimé d'un mot. Nous ne venions pour lui que bien loin derrière Dieu.

Et n'avais-je pas vu la même chose chez le père? Je ne doutais pas du profond amour que le père nous portait, mais quel avait été le tourment de son heure suprême? Nous? Je pouvais bien dire non, puisque j'avais été témoin unique. Dieu ! Dieu ! rien que Dieu ! et l'homme qui lui avait « fait du mal » c'est-à-dire encore Dieu !

Et la conversion du docteur, c'est-à-dire toujours Dieu !

Ah ! j'en voulais à Dieu qui possédait toutes choses et nous prenait encore notre part dans ces chers cœurs à nous appartenant ! nous qui n'avions que cela !

Pourtant, quand maman vint avec son voile noir et ses pauvres yeux brûlants, j'obéis à Charles et je ne prononçai point le nom de ce Sicard. Et quand elle me dit parmi ses sanglots : « Il vivait pour nous », je sentis bien que c'était l'exacte vérité, et qu'à travers Dieu, le père nous avait aimés passionnément.

Ce jour-là, mon frère le soldat arriva. C'était un beau petit homme, qui s'était engagé par l'horreur que lui inspirait le latin. Il était sous-officier et encore loin de l'épaulette. Mes sœurs le préféraient à Charles, quoiqu'il fût un peu mauvais sujet, ou peut-être à cause de cela.

Tout le monde a un faible pour les mauvais sujets : surtout les bons sujets.

Il se nommait François, et sûrement on ne pouvait lui reprocher d'être un cafard ni un jésuite. Maman, dont il avait le gai caractère, était la seule qui le grondât, mais pas bien fort, parce qu'il la faisait rire.

Du reste, ne va pas le prendre pour un païen, il croyait tout ce qu'on voulait, pourvu qu'on le laissât vivre à sa guise, et, quand le bon vieux M. Jamond, notre curé, commençait à l'embrasser, cela n'en finissait plus. Le docteur était son parrain et lui envoyait souvent des étrennes, malgré la défense expresse de papa.

Ce fut le surlendemain seulement, un vendredi, que je rentrai à la maison. Louise et François me soutenaient sous les aisselles pour monter l'escalier, et Julienne suivait avec le grand cheval qui marchait. La vieille madame de Moy avait obtenu qu'on l'emportât, en confessant qu'elle n'oserait plus se présenter devant Marie si le grand cheval restait chez elle.

Tout le monde était dans le cabinet de papa, autour de Charles, assis sur une chaise à côté du petit fauteuil de cuir qui restait vide devant le bureau. Il y avait le curé, le docteur et trois parents de la campagne qui devaient faire partie du conseil de famille, car nous étions tous mineurs, à l'exception de la religieuse et de Charles. Ces parents étaient de braves gens, point trop amis, et qui avaient l'air ici d'être en corvée.

Le plus important s'appelait M. Guérault et nous tenait du côté de maman. Il était maire de son endroit et n'aimait pas qu'on l'ignorât. Pauvre papa disait que son nez vraiment considérable et d'une belle teinte écarlate lui avait coûté trois mille livres de rente à mettre en couleur.

En entrant, François me donna au docteur Olivier qui me mit entre ses genoux et m'embrassa, la larme à l'œil. J'étais bien tremblant, mais non point si ému que je l'avais redouté, à l'aspect de ce lieu où j'avais vu papa pour la dernière fois. Quelque chose m'occupait; ce n'était ni Guérault ni consorts. En face de Charles et non loin de maman qui était assise en rang avec mes sœurs, le long du bureau, un petit homme de piètre mine se tenait sur le coin d'une chaise avec son chapeau posé sur ses genoux.

Je n'aurais pas remarqué ce petit homme à tournure d'huissier malheureux, si le docteur ne m'eût dit à l'oreille :

— C'est M. le premier président.

Mais, aussitôt que le docteur m'eut dit cela, mes yeux se dessillèrent, et le petit homme prit pour moi des proportions majestueuses. Je vis qu'il était ici le centre, et que la grande douleur qui emplissait notre maison avait honte de se montrer à découvert devant lui. Notre chagrin souriait presque en présence de ce gigantesque petit homme, et il n'y avait guère que ce jésuite de Charles pour rester lui-même sous son auguste regard.

Je ne sais pas si tu te fais une idée juste de ce que peut-être un premier président dans le logis d'un conseiller. Recourons à l'éloquence des chiffres. Sous la Restauration, les conseillers de cour royale, qui étaient pourtant des personnages, avaient trois mille francs d'appointements comme les expéditionnaires des bureaux d'escompte, et le premier président recevait trente mille francs par an.

Au premier aspect cela donne à penser que le premier président valait juste dix conseillers. Erreur. En ces matières les progressions montent, non point par addition, mais par multiplication, et il fallait juste trois cents conseillers pour fournir l'équipollent d'un premier président.

Or, l'opinion générale dans la ville était que papa, comme hauteur de caractère et comme mérite professionnel, valait trois cents fois ce petit homme qui le dominait de tant de coudées; on disait (les oreilles tintent dans les familles, et c'était peut-être notre orgueilleuse tendresse que nous écoutions parler au dedans de nous), on disait que le petit homme, se jugeant lui-même, avait si violente frayeur de papa, qu'il l'avait empêché systématiquement toute sa vie d'être nommé président de chambre.

De sorte que ce petit homme de piètre mine était non seulement escarpé comme trente mille francs d'appointements, il avait encore pour nous les vagues et incommensurables proportions d'une fatalité en chair et en os.

Un mot courait autour de moi; on disait :

— Cela s'est fait lestement !

L'approbation était générale, car chacun croyait que le petit homme apportait la nomination de Charles à quelque emploi de magistrature, et Guérault, plus autorisé que les autres, dit entre haut et bas :

— Ça fait honneur au gouvernement.

Mais Guérault se trompait, les autres aussi. Quand même le gouvernement court la poste, il y a les bureaux qui vont toujours au pas, et la nomination de Charles devait rester longtemps en route.

Le petit homme toussa avec énergie et commença un compliment de condoléance. Il parlait difficilement mais avec emphase, et les murailles, habituées à la chère parole de papa, si simple et si brillante à la fois, durent s'indigner. Quand le petit homme eut dit en termes étudiés que la Cour sentait comme elle le devait la perte qu'elle venait de faire et que personnellement il déplorait « l'événement, — la circonstance, l'accident, — le coup funeste auquel le Palais était si loin de s'attendre, » il ramassa son chapeau d'un geste de petit malheureux et se leva brusquement.

Mais c'est égal, il était grand, et Guérault l'admirait.

— Est-ce que c'est tout ? demanda le docteur au curé.

Le petit homme saluait ma mère et mes sœurs d'un air officiellement condoléant. Avant de s'en aller, il se tourna tout d'une pièce vers Charles.

— Ah ! fit le docteur. Enfin !

Et tout le monde écouta.

— Mon jeune ami, dit le petit homme avec aménité, vous m'avez fait l'honneur de m'apporter avant-hier à mon cabinet un groupe de documents mis en ordre par votre digne père, mon infortuné collègue. J'ai remis ces pièces à qui de droit, en les recommandant tout spécialement, et je suis heureux de vous annoncer qu'elles ont produit leur effet en faveur de la personne à qui vous vous intéressez. Une ordonnance de non-lieu a été rendue ce matin même dans l'affaire du nommé Sicard.

Il se retira sur ces mots, suivi de Charles qui l'accompagna respectueusement jusqu'à la porte. On put entendre Guérault disant aux deux autres parents campagnards :

— Tiens, tiens ! qu'est-ce que le défunt cousin pouvait bien avoir avec ce Sicard !

Une expression de colère était sur la bonne et si douce figure de maman, et toutes mes sœurs avaient le rouge au front. Quand Charles vint reprendre sa place, maman lui dit :

— Comment ! mon fils, tu as recommandé cet homme-là !

— Celui qui a tué papa ! ajouta François qui, depuis son arrivée, avait entendu vingt fois ce mot.

Je dois dire en passant que François aimait bien Charles, mais que son métier de demi-mauvais sujet lui inculquait la manière de voir des gredinets du lycée. Il méprisait les cafards... Toi aussi, n'est-ce pas? Et moi de même. Nous sommes tous du même avis là-dessus.

Seulement, il faut s'entendre, et nous parlerons en temps et lieu de la libre-cafardise.

Je dois te dire que la visite de M. le premier président avait interrompu une séance préparatoire et tout officieuse de notre futur conseil de famille, non encore institué légalement. Au moment où l'éminent magistrat était entré, c'est-à-dire un peu avant ma propre arrivée, Charles avait ouvert un des tiroirs du bureau où il avait pris un papier qu'il tenait encore à la main.

— Je n'ai fait, répondit-il au reproche de maman, qu'exécuter l'ordre exprès du père, à moi transmis par notre petit Jean.

— C'est vrai, dis-je, pauvre papa ne faisait que penser à cela, et c'était sa ferme volonté.

Maman leva les yeux au ciel et se tut. Charles reprit en dépliant le papier qu'il tenait et en s'adressant à Guérault :

— Monsieur le maire, si la visite de M. le premier président ne m'avait pas interrompu, vous sauriez déjà « ce que papa *avait* avec M. Sicard », car j'allais donner à la famille assemblée lecture de cet écrit qui m'est adressé et qui est comme le testament de mon père.

Au milieu du grand silence qui se fit, Charles ajouta d'une voix altérée :

— Avec M. Sicard, mon père « avait » son cœur généreux, toujours élevé vers le cœur de Dieu; il « avait » sa charité ardente qui obéissait à la lettre et à l'esprit du commandement divin, le premier de tous les commandements, celui qui contient toute la loi : *Écoute, Israël, tu aimeras le Seigneur ton Dieu de tout ton cœur, de toute ton âme et de toute ta force; et tu aimeras ton frère comme toi-même pour l'amour de ton Dieu.* Il « avait » le pardon de l'injure, la volonté de rendre le bien pour le mal; il « avait » qu'il était le vrai Israël, c'est-à-dire le chrétien, et qu'aux pieds de Jésus où il est maintenant, du haut de sa récompense éternelle il répand sur nous tous le plus beau, le plus riche, le meilleur de tous les héritages : sa bienheureuse bénédiction !

Je ne peux pas cacher que le docteur souffla dans ses joues, mais, d'autre part, tout son corps eut un frémissement.

— Cela est bel et bon, murmura-t-il, mais il y a les enfants...

— Et il y a la Providence, lui repartit doucement M. Jamond.

— Eh bien, dit Guérault entre haut et bas, c'est égal, en fait d'héritage, moi, j'aimerais mieux autre chose !

De grosses larmes roulaient sur les joues de maman. La religieuse vint à elle la première. Louise et Anne suivirent; un instant, elles restèrent toutes les quatre embrassées, et par-dessus les têtes réunies des jeunes filles le soldat vint mettre au front de la mère un retentissant baiser.

— Pour du bon monde, dit Julienne qui bouchonnait énergiquement ses yeux à la porte, c'est du bon monde !

— Toi, dis-je au docteur tout bas, car il se fâchait quand je ne le tutoyais pas, tu n'en as pas pour longtemps à faire celui qui se moque de toutes ces choses-là, tu sais?

Il me regarda étonné en me retournant à deux mains pour mieux voir ma figure, et ses yeux exprimaient comme une inquiétude.

— Il t'a dit quelque chose pour moi ! murmura-t-il si bas que j'eus peine à l'entendre.

Je n'eus pas le temps de lui répondre, parce que Charles commençait sa lecture.

Je ne possède pas beaucoup de papiers de famille; j'ai tout donné à mon neveu, le fils de François, qui est maintenant notre aîné, mais cette lettre-là, je l'ai reçue des mains de Charles, quand il est parti à son tour, et je ne m'en séparerai jamais. Seulement, je n'ai pas besoin d'ouvrir mon tiroir : je la sais par cœur.

C'était écrit sur simple papier à lettre, et il y avait en tête « Mon cher Charles, » mais tout de suite après venait la formule qui place la dernière volonté du chrétien sous la protection de la Très-Sainte Trinité : « Au nom du Père, duFils et du Saint-Esprit », puis la lettre continuait ainsi :

« Tu ne m'as jamais désobéi, tu commanderas bien et sagement sous l'autorité de ta mère à qui je donne et lègue tout ce que je pourrai posséder à l'heure de ma mort. Ceci doit valoir comme mon testament. Je remercie ma femme du bonheur qu'elle m'a donné. Je l'aimais avant mes enfants; c'est à elle après Dieu que je dois mes enfants; après Dieu elle a la première place dans mon cœur. Aimez-moi, respectez-moi en elle : tant qu'elle vivra, je serai au milieu de vous.

« Je ne suis pas malade aujourd'hui plus qu'hier ; mon seul mal est cette fatigue qui s'amasse en moi. Je crois bien connaître le vrai nom de cette fatigue : elle s'appelle la vieillesse avant de s'appeler la mort. Je suis prêt, et je n'aurais qu'à vous donner le baiser d'adieu en partant, sans un chagrin assez vif que j'ai eu et que vous ne connaissez pas.

« J'ai commencé d'écrire ceci en m'adressant à toi, Charles, et voilà que, sans le vouloir, je vous parle à tous, mes enfants, ma femme, mes pauvres amours. Ce chagrin-là, je ne l'ai pas supporté avec résignation. J'ai laissé le dépit entrer en moi, et le dégoût, et la colère, presque la haine. Et j'ai souffert du trouble de ma conscience plus que de mon chagrin lui-même.

« On m'avait accusé bien souvent au Palais de m'en remettre à Dieu pour ce qui concernait l'avenir de ma famille, et l'on ajoutait :

« C'est commode ». Je laissais dire, parce qu'il est certaines duretés qu'il faut subir, mais, par le fait, cette pensée de notre situation si précaire ne me tenait que trop au cœur. J'avais beau dire à Dieu dans mes prières : « Je m'abandonne à votre Pro-« vidence avec une entière volonté ; je remets entre « vos mains miséricordieuses le soin de mon âme, « de mon corps et de tout ce qui est de moi, » c'était vrai pour moi, ce n'était pas vrai pour vous. Je vous voyais au lendemain de mon dernier jour et, tout en prononçant les paroles de confiance que mon cœur plein de foi me dictait, j'écoutais l'autre voix qui est en nous, celle de la prudence humaine, et je m'éveillais la nuit baigné de sueur, parce que j'avais vu en rêve ma femme habillée de noir qui partageait aux petits un insuffisant morceau de pain. Il n'y avait pas d'exagération à cela. Nous n'avons rien et nous n'attendons rien de personne... »

Ici Guérault toussa. Il avait une toux d'hercule, ce maire.

Les deux autres parents campagnards manifestaient quelque gêne, comme si on leur eût déjà demandé de l'argent.

Notre bon curé se rapprocha de maman et le docteur me serra contre lui.

Charles continua de lire :

« Une fois, il y a de cela huit ans, je me trouvai à la tête de cinq cents francs, parce que j'avais présidé deux sessions d'assises dans les villes de notre ressort. L'indemnité allouée pour les quinze jours d'une session est de trois cents francs. J'avais vécu chaque fois avec cinquante francs. Il est vrai que M. le premier président me fit quelques observations sur le *respect* qu'un magistrat se doit à soi-même, et il n'avait pas tout à fait tort. Il faut tenir le rang qu'on a : mais je gardai ma conscience en paix parce que je n'ai jamais méprisé ceux qui mangent leur pain sec en secret.

« Et j'avais mes cinq cents francs.

« J'ai des collègues qui dépensent le double de cette somme chaque fois qu'ils invitent une demi-douzaine d'amis à leur table, mais moi, d'avoir cinq cents francs devant moi, cela m'étonna et m'embarrassa, je ne savais où les mettre. C'était trop peu et c'était trop; trop peu pour acheter des rentes, trop pour le dépenser au jour le jour, car nous n'avons jamais eu de dettes, malgré l'excessive modicité de nos ressources et je n'avais point de trou à combler. J'eus l'idée de consulter ceux qui s'intéressaient à moi; la crainte du ridicule m'arrêta. Un placement de cinq cents francs ! Et consulter les gens pour cela ! J'eus le tort, cette fois, de me *respecter* moi-même.

« On commençait à parler de ces combinasons économiques qui nous arrivaient de Londres sous le nom d'assurances sur la vie, et je m'y étais montré opposé par le motif qui détermina le renard de la fable à trouver les raisins trop verts : mes cinq cents francs me donnèrent l'idée de m'assurer.

«Il y avait alors chez nous un négociant à la fois banquier, entrepreneur et commissionnaire qui faisait à peu près tous les commerces. Son crédit était considérable, et il inspirait surtout aux classes éclairées de notre population une confiance sans bornes. Je le connaissais pour l'avoir vu de près dans une affaire judiciaire où il s'était conduit en parfait galant homme. Il vint me voir par hasard pour me remercier de je ne sais quel bon office que j'avais pu lui rendre, et de fil en aiguille j'arrivai à lui parler de mon assurance de cinq cents francs. Il se montra ému par la modicité même de la somme : respectueusement ému. Il dit :« Je ne fais rien chez moi qui « ressemble à ces assurances, mais donnez-moi votre « argent, si vous avez confiance en moi. Vous ajouterez » au fur et à mesure ce que vous pourrez distraire de « votre courant de maison. Tous les ans, je vous four- « nirai le compte de votre situation, et qui sait?... « En tout cas, vous ne risquerez rien.—»

« J'acceptai. Il me tint parole. Avec ce que je versai de temps en temps et les intérêts qu'il accumula, en huit ans, mes cinq cents francs triplèrent, et je commençai à me dire : « Si je mourais, ma femme aurait au moins quelques mois devant elle pour se retourner. » Et j'eus un peu d'orgueil en songeant que je n'étais plus tout à fait un mari inutile et un mauvais père... »

Charles s'arrêta, parce que la respiration lui manqua. Sous la forme presque légère de cet écrit un souffle si douloureux passait que tout le monde en avait le cœur oppressé, excepté Guérault et compagnie, qui commençaient à s'intéresser aux quinze cents francs.

Maman écoutait avec un étonnement croissant; manifestement, elle n'avait jamais entendu parler de cela. Cette petite épargne était une surprise mélancolique et laborieusement préparée que pauvre père avait voulu faire à notre deuil au lendemain de la mort. Je comprenais cela sans deviner le reste, aussi éprouvai-je une grande surprise en entendant le docteur qui grondait derrière moi avec une colère concentrée :

— Ah ! le misérable ! l'odieux coquin !

De qui donc parlait-il?

Charles répondit à cette question en poursuivant sa lecture.

« Un matin de cet hiver, M. Sicard... »

Il y eut à ce nom un murmure général.

— M. Sicard ! répéta maman : c'était lui !

— Parbleu ! fit le docteur Olivier.

— Voilà le pot-aux-roses ! s'écria Guérault.

Mes sœurs s'agitaient, et je dois dire que François, le mauvais sujet, les calmait comme une excellente âme qu'il était; mais notre bonne Louise lui imposa silence, déclarant :

— Pauvre papa en est mort !

— Nous l'avons perdu par la volonté de Dieu, dit M. Jamond avec timidité, car il craignait d'irriter inutilement ces rancunes maladives qui avaient leur source dans une si légitime douleur.

Charles ajouta beaucoup plus bravement :

— Ceux qui aiment la mémoire de papa ne doivent point maudire l'homme à qui il a pardonné.

— C'est vrai, dit aussitôt maman, tu vaux mieux que nous, garçon, mais n'était-ce pas assez de pardonner? Fallait-il oublier, pour ce méchant, sa femme, ses enfants?...

— Ma fille ! ma bonne et chère madame ! fit le curé, laissez achever, je vous en prie !

Maman courba la tête en murmurant :

— Il voit mon cœur, il aura pitié de moi !

Elle parlait de son mari, la pauvre veuve, mais c'est Dieu qui voit les cœurs et qui amasse, dépositaire fidèle le trésor de nos larmes. Charles répéta, reprenant sa lecture :

« Un matin de cet hiver, M. Sicard vint dans mon cabinet et me dit : « Je vais me tuer... »

— Connu ! fit Guérault.

Et les deux autres cousins haussèrent les épaules en ricanant.

— Voilà, murmura le docteur, trois animaux si féroces qu'on serait tenté d'avoir pitié de Sicard !

«... Il avait déposé son bilan, continuait la lettre du père. Il était plus qu'à moitié fou, parlant tout à la fois de fuite, de suicide et d'immenses spéculations à l'aide desquelles il remonterait au pinacle. Mes pauvres chéris, il ne faut pas m'en vouloir, je ne pensai à mes 1.500 francs, c'est-à-dire à vous, que quand il fut sorti de mon cabinet. Pendant qu'il était là, mon devoir était de le détourner de ses idées de mort violente, mais sitôt que je ne le vis plus, la réaction se fit, et je tombai dans un grand abattement par rapport à votre petit héritage. J'essayais vainement de me résigner.

« Et alors vinrent les gens qui colportent les cancans. La faillite de Sicard était déjà la grande nouvelle, connue de tout le monde. Ce malheureux avait exaspéré l'envie autour de lui par son faste grossier. Il possédait naturellement de certaines habiletés comme charmeur d'argent, il attirait les capitaux; mais, au fond, ce n'était pas même un homme ordinaire, ni surtout un homme du monde, et son triomphe d'un jour avait pour notre ville une colère, un scandale, une humiliation et un chagrin. Notre ville se vengeait tant qu'elle pouvait. Les uns disaient qu'il avait enfoui des sommes énormes dans quelque trou, les autres racontaient une multitude de tours qui ressemblaient comme deux gouttes d'eau à ma propre mésaventure. On l'accusait d'avoir incité une centaine de pauvres gens à lui confier leurs économies, et de tout cela il avait fait une boule qu'il avait expédée par navire sur Liverpool ou sur Jersey...

« Toute la journée se passa ainsi. Où que j'allasse, chez mes collègues, au Palais, dans la rue, j'entendais parler de cet homme, dont la fortune volée et mise à l'abri de la justice grandissait pour moi d'heure en heure. C'était un pillage et un désastre; il avait dévalisé les trois quarts de la ville.

« Mon indignation devenait colère, et à mon insu la haine entrait en moi. J'appris son arrestation vers quatre heures de l'après-midi et je dis: «C'est bien fait !» Vers six heures, M. le président me fit mander et m'annonça que j'étais chargé de suivre l'instruction. Il ajouta : « Il faut un exemple ». C'était mon avis. Je me rendis à la prison pour l'interrogatoire, et là, ce Sicard me proposa de me rendre mes 1.500 francs... »

— Et rien avec? interrompit Guérault.

Le docteur Olivier se leva si brusquement qu'il faillit me renverser. Son regard courba la tête de Guérault comme s'il y avait mis la main, et ce brave homme de maire, qui n'était pas méchant du tout, balbutia :

— Je n'ai voulu affronter personne...

Je ne sais pas si pauvre maman avait bien compris. Je crois que les 1.500 francs dont ses enfants avaient si grand besoin lui cachaient un peu tout le reste. Charles ne se retourna même pas vers Guérault, et continua, lisant la phrase interrompue jusqu'au bout :

«... Ce Sicard me proposa de me rendre mes 1.500 francs en fraude des autres créanciers de la faillite. Je me croyais depuis longtemps le maître de mon orgueil; je me trompais. L'idée qu'on avait pu m'adresser une offre pareille, à moi magistrat, me jeta hors de moi-même, et je sortis de la prison, décidé à appeler sur ce malheureux homme toutes les rigueurs de la loi. Le juge est investi d'une telle responsabilité que ce qui est faiblesse ou faute dans la conduite des autres hommes, chez lui devient un crime. L'instruction fut entamée par moi sous le coup de la colère, et je vis M. Sicard coupable en thèse générale parce que dans le particulier et vis-à-vis de moi, il avait tenté un acte deux fois coupable.

« L'excellent ami, le digne prêtre qui dirige ma conscience découvrit, avant moi-même, le trouble qui naissait en moi. Tout d'abord, il désapprouva le vaniteux scrupule qui m'avait porté à ne point repousser tout rôle actif en cette affaire par l'extrême répugnance que j'avais à confesser ma position de dupe.

« Il m'ordonna de me récuser, ce que je fis aussitôt, et l'instruction dut être continuée par un de mes collègues.

« Mais une instruction, comme toute œuvre en ce monde, suit l'impulsion qui lui est communiquée dès le début. Pour moi, dès le début, M. Sicard était coupable; je l'avais *cherché coupable* dans toutes les pièces et dans toutes les circonstances de son procès, et j'ai adressé ma présente lettre à Charles, surtout à cause de ce qui est dit ici même. Ces quelques lignes pourront éclairer toute sa carrière de magistrat : *La condition la plus difficile et la plus indispensable pour quiconque cherche la vérité judiciaire, c'est de la chercher sans parti pris.* Le plus intègre des hommes et le plus clairvoyant sera trompé et trompera ce qu'on appelle la justice humaine, s'il s'est écouté lui-même un seul instant avant d'interroger Dieu... »

Guérault eut ici un retentissant accès de toux, et j'entendis le docteur qui murmurait :

— Dame ! ça nous ramène tout uniment au moyen âge !

« Je m'attribue donc pour une part, continuait papa dans sa lettre, la fausse pente sur laquelle a constamment glissé l'instruction de l'affaire Sicard; c'était moi qui avais donné la piste, on l'a suivie, même malgré moi. J'ai soulevé, il est vrai, une montagne de travail pour réparer ma faute, mais je n'ai pas fait assez, et ma dette ne sera payée que le jour où j'aurai restitué au cas de ce pauvre homme son véritable caractère. Mon mérite, si j'en ai, est en ceci qu'il n'y a rien en lui qui puisse inspirer la sympathie ou seulement l'intérêt. C'était un champignon des couches commerciales; on a marché dessus, il est rentré dans son fumier. Ce n'est ni un cœur, ni un esprit, ni même un calcul, encore moins une probité, c'est un néant, un vide, quelque chose de profondément inutile, de neutre, qui se désigne dans certain argot par ce mot « industriel ».

« Ce mot un mensonge; l'industrie a ses valeurs.

« *L'industriel* dont je parle vit de tout ce qui est mauvais ou douteux dans notre ordre social, mais il vit légalement. En présence du Code de commerce tel qu'il est fait et de l'ensemble de nos lois sur la faillite, M. Sicard n'est pas un criminel; la cour d'assises ne lui convient pas. Il m'a outragé après m'avoir dépouillé par son fait, un nuage a plané sur mon honneur parmi mes collègues : ce sont des torts qu'il a eus envers moi personnellement et qui ne pouvaient modifier en rien mon devoir public. En conséquence, c'est moi qui suis son débiteur, et je reste sous le coup de l'obligation contractée par moi à son égard le jour où j'ai faussé, le premier de tous, la voie que l'instruction allait suivre, en préjugeant témérairement qu'on trouverait un crime ou des crimes qualifiés dans sa besace de vulgaire escamoteur, travaillant par permission de l'autorité, comme on dit en foire, sous la tolérance de l'usage, de la jurisprudence et des mœurs. Aucun des actes de cet homme n'était conforme à l'honnêteté stricte, aucun ne faisait à l'honnêteté légale une de ces brèches dont l'importance, minutieusement mesurée par la loi, détermine les juridictions et fixe l'étiage des répressions publiques.

« Le Code n'est pas l'Évangile, tant s'en faut. Il a de singulières sévérités et de plus étranges indulgences. Il protège « le commerce, ce qui le mène loin ». Sur mon siège de magistrat je suis, comme partout, le serviteur de l'Évangile, mais je suis là spécialement l'esclave du Code.

« Selon le Code, M. Sicard est *innocent*, et que Dieu vous garde tous de pareille innocence !

« J'ai dépensé bien des nuits pour établir cela, et je n'ai pas fini encore, mais j'y arriverai. Il n'y a qu'un fait hautement délictueux à la charge de M. Sicard, c'est le fait même qui me concerne : je n'ai pas le droit de le passer sous silence, mais je l'atténuerai selon la mesure permise à ma loyauté, et M. Sicard n'ira pas en cour d'assises; alors, nous serons quittes, lui et moi, car le tribunal de commerce, en ce qui regarde mes 1.500 francs, lui donnera la décharge des faillis.

« Suis-je également quitte envers vous, ma femme et mes enfants? J'ai sollicité une session de plus à présider que les autres années, et, dans mon métier de président errant, je me *respecterai* encore un peu moins, si c'est possible, pour épargner un peu plus. Me voilà vieux et si las !... mais si confiant aussi ! Pendant que je travaillais pour M. Sicard, quand le dégoût et la fatigue m'accablaient, Dieu me disait : « Courage, pauvre ouvrier, ceux que tu aimes recevront ton salaire ». O Jésus, qu'ils aient un peu de bonheur ! Que ma chère femme les voit grandir autour d'elle et devenir bons ! Donnez-leur le pain de chaque jour, le pain du corps et le pain de l'âme... »

La lettre s'arrêtait là, mais pour reprendre sous une date postérieure de cinq jours c'est-à-dire la veille même de la mort. Dans cette seconde partie le père parlait de la maladie de maman et de ses crises plus fréquentes. On y voyait une terreur qui essayait de se glisser à travers sa confiance. Il rendait grâces pour sa santé à lui, et demandait un redoublement de courage.

« Je continuerai jour à jour, disait-il, cette lettre

commencée. J'y mettrai mes conseils et mes instructions. Le plus fort est fait, puisque j'en ai fini avec
l'histoire de mes pauvres 1.500 francs ; mais demain je
vous dirai comment vous devriez agir, si je n'étais plus
là, avec M. Sicard ou sa famille, selon les éventualtés.
Ma main tremble un peu, parce que ce matin-encore,
ma femme n'avait pas bon visage. Elle fait si grand
besoin dans la maison ! Dieu ne permettra pas, je l'espère, qu'elle s'en aille avant moi. »

C'était le dernier mot. Maman dit de sa voix brisée :

— Il a été exaucé, et c'est moi qui reste, mais je
le sens prier pour nous au-dessus de nous. Que le divin
Sauveur soit béni du fond de notre peine ! Mes enfants,
c'était là un malheureux argent qui coûtait bien cher.
Le pauvre homme avait donné de sa vie pour le gagner
et pour le perdre il a encore donné de-sa vie. Quel père !
et quel chrétien ! Je veux arracher de moi toute rancune et je vous prie, enfants, de pardonner comme
moi à cet homme qui...

Elle n'acheva pas, mais elle avait les mains jointes
et sa pensée monta tout entière vers le Ciel.

Mes trois sœurs, François et Charles se groupèrent
autour d'elle et dirent tous ensemble :

— Nous pardonnons pour l'amour de papa....
— Pour l'amour de Dieu ! rectifia maman.

Le docteur Olivier me retenait sans savoir ce qu'il
faisait, et me pressait contre lui en murmurant :

— Qu'y a-t-il donc au fond de ces idées-là?

Les trois cousins de la campagne eux-mêmes
n'étaient pas sans éprouver quelque émotion.
L'un d'eux dit :

— Dame... à la bonne heure !

Et Guérault répliqua en regardant de notre côté avec inquiétude, car le docteur lui imposait :

— C'est très bien, d'autant que ce paltoquet de Sicard est insolvable : on le pilerait dans un mortier qu'on n'en tirerait pas un centime : alors, vaut autant lui faire cadeau de la chose.

M. Jamond avait passé devant nous pour aller prendre les deux mains de maman. Je restais seul avec le docteur qui faisait de vains efforts pour paraître calme.

Je ne peux pas dire que j'eusse en moi une vocation d'apôtre bien prononcée, car j'avais profité de mon éloignement pour ne point mêler ma voix à celle de mes frères et de mes sœurs quand ils avaient pardonné à Sicard, mais quelque chose me poussa, d'ailleurs j'obéissais au dernier commandement de père. Je me retournai entre les jambes du docteur et je mis mes yeux dans ses yeux pour lui demander tout à coup :

— Est-ce vrai que tu n'as pas encore fait ta première communion?

Il fronça le sourcil en balbutiant :

— Qui t'a dit cela?

— C'est papa, répondis-je.

Et comme il gardait le silence en détournant les yeux, j'ajoutai :

— Moi, c'est cette année que je fais la mienne.

— Tant mieux pour toi, petit Jean, dit-il en jouant l'indifférence.

— Et papa a dit, continuai-je, que tu ferais la tienne en même temps que moi.

Je croyais qu'il allait rire, mais il me repoussa avec

une violence qui était presque de la brutalité, puis, me rattrapant tout effrayé que j'étais, il me mit sur ses genoux pour me dire à l'oreille et très doucement :

— Écoute, petit Jean, je t'aime beaucoup, beaucoup.

— Je le sais bien, repartis-je, est-ce que je t'ai fâché?

— Et toi? demanda-t-il au lieu de répondre, tu m'aimes aussi, j'en suis sûr?

— Oh ! certes !

— Eh bien, mon petit Jean, reprit-il en baissant la voix davantage encore, ne me parle plus jamais de cela.

— Pourquoi?

— Parce que, si tu m'en reparlais, je ne viendrais plus voir ta bonne mère.

Il se leva et je voulus le retenir par ses habits, mais, en ce moment, Julienne ouvrit la porte à deux battants et dit avec solennité :

— La soupe est servie !

Puis elle, ajouta, parlant à la ronde :

— C'est la première fois qu'on met la nappe chez nous depuis le malheur. Ils n'ont ni mangé ni bu, tant qu'ils en sont, et on n'avait pas rallumé le feu de la cuisine !

Tous ceux qui n'étaient pas de la maison se retirèrent aussitôt, y compris le curé et le docteur, et il n'y eut que nous autres de la famille pour entrer dans la salle à manger qui me parut comme si je ne l'avais jamais vue.

Nulle part ailleurs le vide laissé par l'absence du père ne se montra à nous si large ni si profond. A vrai dire, il n'avait que l'heure des repas à nous donner, et c'était ici surtout que nous l'avions aimé, groupés autour de lui, nous réchauffant à son bon sourire et trouvant toujours trop courts les instants qu'il dérobait pour nous à son travail.

Nous restions debout et le cœur gros autour de la table où les couverts ne manquaient pas, puisqu'il y en avait deux de plus qu'à l'ordinaire. Nos serviettes étaient dans nos ronds, sauf celles de la religieuse et du soldat, qui sortaient de l'armoire toutes blanches.

Mais à la place du père qui tenait le centre de la table il n'y avait rien.

Maman donnait le bras à François et la religieuse la soutenait de l'autre côté. Elle s'arrêta un instant à regarder cela et murmura :

— Mon Dieu ! ô mon Dieu ! il me semble toujours que ce n'est pas vrai !

Toutes les poitrines éclatèrent en sanglots, car c'était bien là ce que chacun de nous ressentait, et, pour ma part, je gardais en moi je ne sais quel espoir entêté. Chaque coup de sonnette me faisait danser le cœur et j'avais des sursauts quand les portes s'ouvraient.

La soupe fumait au milieu de la table, et je me demandais si elle fumait ainsi autrefois. Julienne se tenait derrière la chaise du père, les mains sous son tablier.

— Après ? fit-elle tout à coup, et avec une sorte de colère, en voyant que personne ne s'approchait de la table.

Comme nulle réponse ne venait, elle donna du coin de son tablier un grand essui à ses yeux et alla vers le buffet, où elle prit la pile d'assiettes que l'on posait ordinairement devant papa, car c'était lui qui nous servait.

— Je ne savais pas, dit-elle, s'il fallait mettre ça, *maintenant*, devant madame.

Maman chancela et fit un signe de tête négatif, montrant du doigt en même temps la place vide. Tout le monde pensa qu'elle allait s'y asseoir, et certes il n'y avait qu'un avis parmi nous : c'était bien.

François et la religieuse se mirent en marche pour la guider vers le haut bout où Julienne déposait la pile d'assiettes, mais maman les fit arrêter à sa place ordinaire.

Elle appela Charles d'une voix qui était raffermie par l'excès même de son émotion.

Charles vint.

Je ne sais pas s'il était plus pâle à sa dernière heure.

Encore une fois, Charles était aimé, parce qu'il n'y avait chez nous que de l'amour, mais il était le moins aimé, à cause de sa piété supérieure et de sa modestie trop haute. Ce sentiment de gêne en face de la perfection existe partout où il y a des créatures humaines, dans l'état ecclésiastique comme ailleurs et je l'ai trouvé au fond des solitudes habitées par les saints.

Maman appuya sa main sur le front de Charles et je pense que c'était une bénédiction; puis elle l'embrassa tendrement et désigna la place d'honneur.

Charles dit tout bas, en fléchissant presque les genoux :

— Ma mère, oh ! ma mère, je vous en prie !

Mais elle répondit :

— Mon cher enfant, cela se doit. *Il* le voulait, et je le veux.

Nous entourâmes Charles et nous l'embrassâmes tous. Le soldat, qui n'avait jamais été de son avis sur quoi que ce fût au monde, lui dit du meilleur de son bon cœur :

— Tu sais, tu peux me commander, je t'obéirai.

Et la religieuse se pendit à son cou, tandis que Louise et Anne attendaient leur tour. Julienne hochait sa vieille tête avec un grave contentement au fond duquel restait bien un peu de défiance.

Quand nous eûmes conduit Charles à sa place nouvelle, il récita le Bénédicité comme papa avait coutume de le faire. Désormais il y avait dans notre douleur même une consolation austère et douce : le vide n'était plus béant. En plongeant la louche dans la soupière, Charles dit :

— Je suis ici, selon la parole même de papa, sous l'autorité de notre mère, et je lui ai obéi en acceptant cette place comme je lui obéirai toujours.

Et nous nous assîmes tous, et ainsi commença le premier repas de notre famille orpheline.

FIN

TABLE DES MATIÈRES

FIN DE LA TABLE

Chartres. — Imprimerie Félix LAINÉ. 233.11.24.

www.ingramcontent.com/pod-product-compliance
Lightning Source LLC
Chambersburg PA
CBHW070856030726
47504CB00005B/1356